rowohlt

YANNICK HAENEL
DIE BLEICHEN FÜCHSE

Aus dem Französischen
von Claudia Steinitz

ROWOHLT ROMAN

Die Originalausgabe erschien 2013 unter dem Titel
«Les Renards pâles» bei Gallimard, Paris.

Dieses Buch erscheint im Rahmen
des Förderprogramms des französischen
Außenministeriums, vertreten durch
die Kulturabteilung der französischen
Botschaft in Berlin.

1. Auflage Oktober 2014
Copyright © 2014 by Rowohlt Verlag GmbH,
Reinbek bei Hamburg
«Les Renards pâles» Copyright © 2013
by Éditions Gallimard, Paris
Alle deutschen Rechte vorbehalten
Satz aus der Dante, InDesign
Gesamtherstellung CPI books GmbH, Leck
Printed in Germany
ISBN 978 3 498 03026 1

Für François Meyronnis

Überwindung des Kapitalismus durch Wanderung
WALTER BENJAMIN

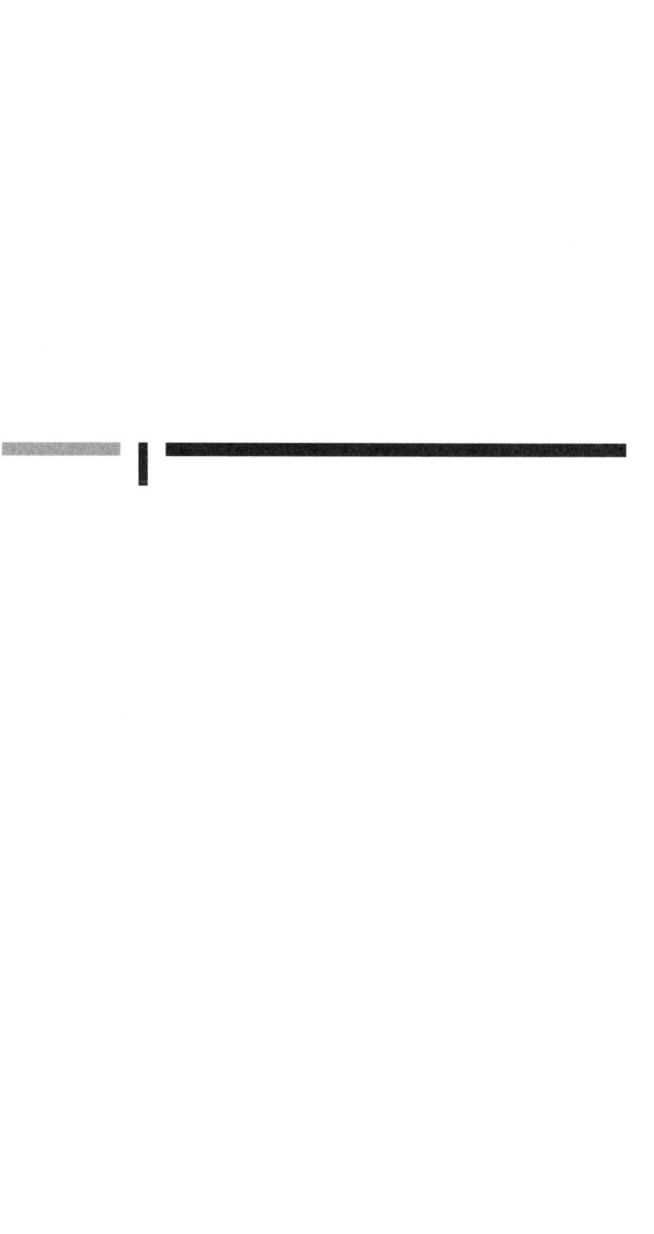

Eins **DAS INTERVALL**

Damals wohnte ich in einem Auto. Am Anfang war es nur aus Spaß. Es gefiel mir, da, auf der Straße, zu sein und nichts zu tun. Ich hatte überhaupt keine Lust loszufahren. Wohin auch? Ich fühlte mich wohl unter den Bäumen in der Rue de la Chine. Das Auto stand gegenüber der 27 parallel zum Bordstein. Kirschblütenblätter wirbelten durch die Luft; sie verteilten sich sanft wie Schneeflocken auf der Windschutzscheibe.

Es war ein Sonntag, gegen zwanzig Uhr. Ich erinnere mich sehr gut daran, weil man mich an diesem Tag vor die Tür gesetzt hatte. Seit ein paar Monaten schaffte ich es nicht mehr, die Miete zu bezahlen; die Vermieterin hatte mich gemahnt, und dann hatte sie an jenem Morgen an die Tür geklopft; als ich nicht aufmachte, keifte sie, ich hätte bis zum Abend Zeit, ihr *möbliertes Zimmer* zu räumen. Ich war wieder eingeschlafen, mit einer Leichtigkeit, die mir heute ziemlich verrückt vorkommt. Damals legte ich keinen großen Wert auf das, was man zwischenmenschliche Beziehungen nennt; vielleicht hatte ich es nicht nötig, die anderen glauben zu lassen, dass ich lebendig sei.

Kurz und gut, ich lag den ganzen Tag im Bett rum, und am Spätnachmittag, als das Aprillicht mit seinen warmen Farben ins Zimmer kam, in dem Moment, wo man das Gesicht gern in den Sonnenstrahlen badet, sammelte ich meine Sachen zusammen. Es waren kaum drei Kartons mit Wäsche und Büchern und eine Grünpflanze – ein Papyrus, der mich schon lange begleitet.

Seit ein paar Monaten war ich ziemlich von der Rolle; mein Leben war unscharf geworden, irgendwie verschwommen. Ich ging nur noch nachts aus dem Haus, um im Eckladen Bier, Kekse und Zigaretten zu kaufen. Habe ich gelitten? Ich glaube nicht. In meinem Zimmer gab es einen Winkel zwischen Heizkörper und Bett, den ich ganz besonders mochte; dort machte ich es mir gleich nach dem Aufstehen bequem; es genügte mir, auf den Dielen zu sitzen, den Rücken in die Zimmerecke gedrückt. Dieser Winkel hatte nichts Besonderes, aber nachmittags gegen fünf erreichte ihn ein Licht, ein *besonderes* Licht, das mich glücklich machte, eine Art rot-orange-gelber Halo, der im Lauf der Stunden an der Wand entlang bis zu meinem Kopf wanderte, den er schließlich umkränzte.

Eine Flamme zerreißt die Linien; sie wendet eure Einsamkeit dem Lichte zu. Was geschah in jenem Zimmer mit mir? Schuf ich in mir schon den Raum für die bleichen Füchse? Ich weiß nicht, ob mein Leben auch nur den geringsten Sinn hatte, aber ich wartete jeden Nachmittag auf die Ankunft einer Aureole über meinem Kopf. Diese Erwartung füllte meine Tage, riss sie aus dem Gewöhnlichen, weihte sie geradezu.

Mir ist, während ich euch diese Periode meines Lebens beschreibe, ihre Seltsamkeit bewusst; übrigens dachten einige Freunde, ich steckte in einer Depression. Wer weiß? Manchmal erleidet man nur das, was man glaubte, zu begehren. Ich hatte kaum Geld, meine Arbeitslosenunterstützung wurde jeden Monat weniger, weil ich nachlässig war und die Formulare nicht ausfüllte. Aber ich fühlte mich in dieser Leere wohl. Ich hielt mich an meiner Aureole fest. Meine Untätigkeit war ein Experiment. Ich *bereitete mich vor*. Ich war, ich bin, ich bleibe immer abwesend, etwas fehlt in der Konsistenz der Welt, und ich identifiziere mich mit dieser Sache, die fehlt.

Nachdem ich die Fensterläden geschlossen und den Strom abgeschaltet hatte, trug ich an jenem Sonntag gegen zwanzig Uhr die drei Kartons nach unten und packte sie in den Kofferraum, dann warf ich die Wohnungsschlüssel in den Briefkasten, wie es die Vermieterin verlangt hatte. Keine Übergabe, nichts – ich hatte ohnehin keine Kaution bezahlt.

Ich war also auf der Straße. Man braucht nicht mehr als ein paar Tage, um abzustürzen; eines Abends wird dir bewusst, dass es zu spät ist. In meinem Fall war es noch nicht dramatisch: Ich hatte das Auto. Ich benutze es seit zwei Jahren, es gehört einem Freund, der in Afrika arbeitet. Ich passe darauf auf, bis er nach Frankreich zurückkommt.

Als ich ins Auto stieg, lächelte ich. Kirschblüten schwebten durch die Straße und wurden zu Seerosen auf der Windschutzscheibe. Es gab rosa und weiße, auch violette Lichtpunkte, die Ruhe der Einsamkeit im Abendlicht. Ich glaube, ich war erleichtert, eine Periode abgeschlossen zu haben. Ich mag neue Kapitel. Mit dem neuen Leben kommt etwas Erfrischendes, man könnte glauben, es helfe einem weiter. Auch wenn ich nicht wusste, was tun, klärte sich mein Leben, es öffnete sich – darauf kam es an.

Es war nicht das erste Mal, dass ich am Steuer sitzen blieb, ohne etwas zu tun. Sowieso bewegte ich das Auto nur selten. Es ist ein Kombi – ein riesiger R18 Break, ein wahrer Koloss: Wenn ich diesen Parkplatz verließe, würde ich nie mehr einen anderen finden. Außerdem ist das Parken in der Rue de la Chine gratis, sie ist eine der letzten Straßen in Paris, wo man nicht zahlen muss. Ich setze mich oft für ein, zwei Stunden ans Steuer, nur um nachzudenken. Jedes Mal, wenn ich ins Auto steige, löst sich etwas in mir; ich fahre nicht los, Leichtigkeit erfüllt meine Bewegungen, löscht sie allmählich aus, und ich schwebe. Ist das die Leere? Man ist da, und zugleich existiert man nicht mehr: Die Passanten streifen dich, sie sehen dich nicht, du bist unsichtbar geworden.

Auf jeden Fall öffnet sich am Steuer des Autos jedes

Mal mein Kopf. Dann *geschieht es*. Was? Ich weiß nicht genau, aber wenn es geschieht, hast du das Gefühl, dass wirklich etwas mit dir geschieht; ansonsten geschieht nie etwas, nur das.

Hat es einen Namen? Niemand weiß, was in der Leere vor sich geht. Ich persönlich nenne es das «Intervall». Nicht einfach zu beschreiben: eine Aufwallung von Freude und zugleich ein Riss. Auch nicht einfach zu ertragen: eine Art starker Luftzug. Erstickt es, befreit es? Beides: Es ist, als würdest du in ein Loch fallen und dieses Loch würde dich tragen.

Zweifellos lag es an dem «Intervall», dass ich keine Angst hatte, als ich mich auf der Straße wiederfand. Ich hatte ja das Auto, aber vor allem hatte ich dank des Autos das «Intervall». Es war unumgänglich gewesen, dass ich früher oder später mein Zimmer gänzlich aufgeben würde, um im Auto zu leben.

Ich steckte den Schlüssel ins Zündschloss und drehte ihn. In diesem Moment ging das Radio an. Es war genau zwanzig Uhr, es gab Kurznachrichten. Man verkündete den Namen des neuen Staatspräsidenten. Ich musste lachen, da, ganz allein. Wie hatte ich das vergessen können? Ich saß am Steuer meines Autos, das in der Rue de la Chine parkte, an einem Aprilsonntag, in Paris, in Frankreich. Und sicher wusste ich als Einziger nicht, dass an diesem Tag in Frankreich, in Paris und in allen Städten, in den Dörfern, überall, sogar in der Rue de la Chine, ein neuer Staatspräsident gewählt worden war. Ich konnte es nicht fassen. Was war nur mit mir passiert, dass ich nicht auf dem Laufenden war?

Natürlich hatte ich nicht gewählt – aber das war kein Vergessen: Ich hatte beschlossen, *nicht zu wählen*. Diese Entscheidung lag schon mehrere Jahre zurück, stammte aus einer Zeit, als das, was man in Frankreich «Politik» nennt, zu zerfallen begann, und zweifellos hatte das Eindringen des «Intervalls» in mein Leben mich noch bestärkt. Es ist nicht mehr denkbar, sich an irgendwas zu beteiligen, wenn sich alles in dir löst; die geringste Bindung erscheint dir absurd.

Es war also zwanzig Uhr, und im Radio hatten sie soeben den Namen desjenigen verkündet, den sie den «Neugewählten» nannten. Es gab alle möglichen Kommentare, dann hielt der «Neugewählte» eine Rede.

Sobald er anfing zu sprechen, hörte ich die Worte nicht mehr. Natürlich ging es wie immer um das «Land», die «Nation», die «Anstrengungen» und die «Arbeit», die alle Franzosen gemeinsam leisten sollten. Vor allem das Wort «Arbeit» wiederholte sich: Man müsse arbeiten, immer mehr arbeiten, nur noch arbeiten. Ich fragte mich, ob auch andere Arbeitslose zuhörten, wie der «Neugewählte» ein Loblied auf das sang, was sie nicht hatten und nie haben würden.

Denn die Arbeit, die er in seiner Rede als «republikanische Verpflichtung» darstellte, als «Wert», der, wie er sagte, imstande sei, «das Land zu retten», existierte schlichtweg nicht mehr: Man drängte uns zu arbeiten, obwohl es keine Arbeit gab. Alle Leute, die ich traf, waren entlassen worden, man hatte sie rausgeworfen, sie vegetierten dahin, weil man sie von der Arbeit *ausgeschlossen* hatte. Wenn also der «Neugewählte» das Wort «Arbeit» wiederholte und so tat, als sehe er darin die Lösung für alle Probleme, erinnerte er uns vor allem daran, dass wir, die einen wie die anderen, in einer Sackgasse steckten und dass es so leicht war, uns zu kontrollieren. Ich sagte mir: Es gibt die, die sich wegen der Arbeit umbringen, und die, die sich umbringen, weil sie keine finden – gibt es einen anderen Weg?

In meinem Fall war die Sache klar. Ich hatte lange in der Banlieue geschuftet, dann hatte ich mich dieser Sklaverei entzogen, heute *wollte ich nicht mehr arbeiten*. Meine Untätigkeit hatte die Form einer stillen Verweigerung angenommen; ebenso wie der Gedanke an Stimmabgabe in mir gestorben war, war auch der Gedanke an Arbeit verblasst, im Licht einer Aureole erloschen. Ich lebte lieber am Rand, mit wenig Geld, ohne jemandem etwas zu schulden.

Ich weiß, dass man die Untätigen als Parasiten ansieht. Der «Neugewählte» hatte soeben rundheraus allen den Krieg erklärt, die nicht jeden Morgen früh aufstanden, um zur Arbeit zu gehen. Für ihn waren das «schlechte Bürger». Er fand es unzumutbar, dass die Gesellschaft sie weiter unterstützte; so wurden Sozialhilfeempfänger, Minijobber und diejenigen, die ihre Arbeit verloren hatten, eben alle, die aus der Welt der Arbeit verjagt worden waren, in denselben Topf gesteckt.

Man will uns einreden, Arbeit sei die einzige Daseinsweise, obwohl sie das Dasein derer zerstört, die sich ihr unterwerfen. Wer sich vorstellte, dank einer Arbeit zu überleben, fragt sich jetzt, wie er die Arbeit überleben soll. Und wenn jeder mit seinem eigenen Gehorsam Schluss machen, in seinem Leben die verdammte Gewohnheit zu gehorchen durchbrechen könnte? Endlich würde ein Generalstreik ausbrechen und das Land in Aufruhr versetzen. Mit zwiespältiger Freude stellte ich mir vor, wie Frankreich im Chaos versinken würde.

Die Rede des «Neugewählten» ging weiter, aber ich konnte nicht mehr zuhören. Hinter jedem seiner Worte schmerzte etwas – eine Art dumpfes Getrappel, als würde sich die Sprache verzerren. Etwas krachte, die Zahnräder waren abgestumpft oder schlecht eingestellt. Ich dachte: Die Republik Frankreich knirscht mit den Zähnen.

Ich machte das Radio aus. Der Kirschbaum vor der Nummer 27 öffnete seine Äste für die Blüten, die davonflogen. Ich stieg aus dem Auto und steckte meinen Kopf in den Blütenstrom. Das Gesicht den Kirschbaumästen zugewandt, schloss ich die Augen und atmete tief: Die Blüten liebkosten Wangen, Stirn und Mund. Ich lächelte auf der Straße, von Blüten überschwemmt, an einem Frühlingssonntag. Meine Freude war grenzenlos. Ich dachte an den Ausdruck «Neugewählter». War nicht eher ich, aus meinem eigenen Leben ausgestoßen, der Erwählte?

Genau in diesem Moment, kurz nach zwanzig Uhr, habe ich beschlossen, im Auto zu leben. Ich spürte, dass ich genau das zu tun hatte: im Auto bleiben, das Kommen des «Intervalls» abwarten und dann zuhören. Hören, was unter den Worten lag, lange zuhören – die Ohren für das öffnen, was geschah. Es fing gerade erst an, und ich hatte Zeit.

Zwei **DER PAPYRUS**

In der ersten Nacht habe ich nicht geschlafen. Ich war aufgeregt wegen all der neuen Dinge, die sich einem darbieten, wenn ein neues Leben beginnt. Ich genoss selbst die kleinste Nuance meines Einzugs ins Auto, als hätte man mir die Tore zu einem Palast geöffnet.

Nachdem ich die Kartons im Kofferraum verstaut hatte, ging ich im Eckladen einkaufen: eine Flasche Wein, Thunfisch, Kekse, Schokolade, einen Sechserpack Mineralwasser. In Reichweite, auf den Beifahrersitz, legte ich das, was ich brauchte: Zahnbürste, Zahnpasta, Medikamente, Stift, Heft, Taschenlampe, alles in einer Keksdose aus Blech. Und auf die Rückbank legte ich eine Decke und ein paar Kleidungsstücke. Alles andere würde man später sehen.

Ich zündete mir eine Zigarette an. Durch das offene Fenster atmete ich die Milde des Abends ein. Der Duft der Kirschblüten und der Glyzinie, der aus einem Garten an der Ecke zur Rue Villiers-de-l'Isle-Adam kam, erfüllte die Luft. Es war ruhig, niemand auf der Straße, ein Wahlsonntagabend.

Mir gefiel die Vorstellung, am Steuer eines Autos zu sitzen, ohne loszufahren. Ich fand das besser als eine richtige Reise. Und außerdem, lag in dieser Phantasie nicht etwas, das an die Kindheit mit ihren Baumhäusern erinnerte? Ihr habt es verstanden: Ich war zufrieden. Es gibt für jeden von uns einen Punkt der Ekstase, der uns in wilde Freude versetzt, auch wenn die Welt zerbricht. An diesem Punkt lebte ich.

Natürlich war mir bewusst, dass mir das Leben in einem Auto sehr schnell einige Unannehmlichkeiten bereiten würde. Wo sollte ich mich zum Beispiel waschen? Diese Frage hatte ich noch nicht in Betracht gezogen. Ich machte mir keinerlei Illusionen über den mangelnden Komfort und auch nicht über die *reale* Unmöglichkeit, in einem Auto zu schlafen. Aber an diesem Abend kam es nicht in Frage, meinen Sorgen nachzugehen – die Freude hatte Vorrang.

Und dann konzentrierte ich mich auf den Papyrus, den ich auf dem Bürgersteig stehen lassen musste: Seine Halme waren zu hoch, um ins Auto zu passen. Ab und zu warf ich ihm einen Blick zu, um mich zu vergewissern, dass man ihn mir nicht gestohlen hatte. Dieser Papyrus erfüllt mich mit freundschaftlichen Gefühlen. Ich mag seine Schlankheit, seinen vertikalen Stolz. Er erinnert mich an die Skulpturen von Giacometti, jene langen, scharfen Gestalten, die sich auf einem Seil fortzubewegen scheinen. Wie sie, kommt auch er von anderswoher: Seine Eleganz entfaltet sich in einer Welt, die unserer Verrücktheit fremd ist.

Während ich den Papyrus anschaute, sagte ich mir: *Er hält sich selbst* – mach es wie er, sieh deine Einsamkeit als Adel an. Lass dich nicht beugen oder vom Gegenwind beeindrucken. Trink in der Wüste, sie wird ihren Tau für dich aufsteigen lassen.

Ich schloss die Augen, glücklich bei der Vorstellung, einen Gefährten in der Einsamkeit zu haben. Dann schreckte ich wieder auf. Stand der Papyrus nicht zu weit weg vom Auto? Wenn jemand durch die Straße kam, würde er ihn sicher mitnehmen; so ein verlassen auf der Straße stehender Papyrus muss einfach Begehrlichkeiten wecken. Die Leute benutzen doch so etwas, um ihr Wohnzimmer zu schmücken.

Sogleich stieg ich aus, um einen besseren Platz für ihn zu finden. An der Hauswand, warum nicht. Da stand er am Rand, niemand würde auf ihn achten. Aber es sah aus, als wartete er auf die Müllabfuhr, wie ganz gewöhnlicher Abfall. Näher, das war besser, da konnte ich ihn leichter überwachen. So aber versperrte er den Bürgersteig, man sah nur noch ihn. Ich stieg mehrmals aus dem Auto, um seine Position zu verändern; keine war zufriedenstellend. Am Ende stellte ich ihn direkt an die hintere Autotür, seine Blätter pressten sich ans Auto, einige kamen bis zu meinem Fenster, wie ein Tier, das sein Herrchen anfleht, es einzulassen.

Die Nacht brach an. Als ich sah, wie sich der Himmel hinter den Hochhäusern des Saint-Blaise-Viertels ganz allmählich rot färbte, wurde mir bewusst, dass ich seit Monaten, vielleicht seit Jahren, keine Dämmerung mehr gesehen hatte. Diese Schlichtheit hatte ich verloren. Ich riss die Augen weit auf, als wollte ich mich auf eine Beute stürzen.

So hat mich das Schauspiel dieser ersten Abenddämmerung durch die Windschutzscheibe hindurch aufgerüttelt. Jedes Mal, wenn die Sonne untergeht, wünsche ich mir nur eins: der vernünftigen Welt ein Ende zu machen. Ich möchte zu dieser Weite von Sternen gleiten, die am Himmel lachen und sich an der Dichte der Dämmerung berauschen. Bis zum Nichts will ich dieses rote und schwarze Funkeln trinken. Nur die Trunkenheit der Sterne entreißt mich der Schwere der Erdkugel.

Ich habe es schon gesagt: In jener ersten Nacht habe ich kein Auge zugetan. Ich hatte den Sitz ein Stück nach hinten geschoben, um die Beine auszustrecken, und die Lehne runtergestellt, um meinen Nacken anzulehnen. Ich hatte mich in den Mantel gewickelt, den ich Sommer wie Winter trage. Ich rauchte und dachte an nichts. Oder vielmehr doch: Ich dachte an einen Satz, den eine Sachbearbeiterin im Arbeitsamt zu mir gesagt hatte, als sie erfuhr, dass ich kein Telefon habe: «Sie dürfen aber nicht unerreichbar sein!» Jetzt, wo ich keine Adresse mehr hatte, war ich gänzlich *unerreichbar*.

Und dann dachte ich an die Stadt um mich herum, die sich in ihrer Reglosigkeit verbrauchte: War sie nicht lange Zeit die Hauptstadt des Protests gewesen?

Die Erinnerung an Guy Debord und die Situationistische Internationale schoss mir wie ein brennender Komet durch den Kopf. Sie waren die Letzten gewesen, die dem Wort «Revolution» in Frankreich einen Sinn verliehen hatten – sie als echte Freiheit zu erleben. Seitdem hatte sich alles völlig beruhigt, keine Seele brannte mehr. Die Politik war zugleich mit der Poesie gestorben. Der Verzicht hatte von der Stadt Besitz ergriffen, in der sich allmählich jeder mit seinen Kompromissen abfand und Begehrlichkeiten simulierte, die nicht mehr als traurige Konsumentenreflexe waren.

Dabei reichte so wenig, um die Lunte wieder anzuzünden. An diesem Abend brannte die Zeit so stark, dass die Straßen bebten. In diesem Beben sah ich ein Vorzeichen: War es nicht die Ankündigung, dass *die Zeit wiederkehrt*? Die unbeugsamen Momente einer ungelösten Geschichte kehren immer zurück, wie Wiedergänger; und das, was wiederkommt, ist die Chance für eine neue Epoche.

Hatte ich vielleicht durch meinen Einzug ins Auto ein wenig Fieber und davon diese Illusionen, die sich so leicht einstellen, wenn man allein ist? Keineswegs: Dieser Aprilsonntag klärte die Dinge, das war alles. Während ich dem «Neugewählten» zugehört hatte, hatte ich begriffen, dass der Ruin nur davon träumt, sich auszubreiten, um sich an sich selbst zu rächen, und dass unter den Lügen der aufeinanderfolgenden Regierungen, hinter ihren Erklärungen, in denen sich der Hass nicht einmal zu tarnen suchte, immer noch und für immer der alte Traum pulsierte, die ganze Welt gleichzuschalten, Paris und seine Banlieues, die einen so bösen Geist in sich trugen, zu vernichten – endlich alles zu zerstören, was sich nicht kontrollieren ließ.

Ich drückte auf den Knopf am Handschuhfach. Die Klappe öffnet sich mit einer Langsamkeit, die mir gefällt. Ein bläuliches Licht geht automatisch an. Es wacht über meine Einsamkeit, bezeugt in gewisser Weise mein Dasein. Seid ihr sicher, dass ihr existiert? Findet ihr es *normal*, am Leben zu sein? Ich nicht. Ich nehme meinen Herzschlag nicht als Beweis: Existieren ist etwas mehr als der Verbrauch der 750 Gramm Sauerstoff, die ein Körper jeden Tag benötigt. Dieses winzige blaue Leuchten in der Nacht hingegen existiert auf unbestreitbare Weise und verschafft mir ein Empfinden, das meiner Existenz jenen Funken verleiht, den ihr anscheinend alle rauben wollen.

In dem Handschuhfach lagen die Autopapiere, ein Stadtplan von Paris und ein Buch, *Warten auf Godot*, sicher von meinem Freund in Afrika hier vergessen.

Ich schaltete die Deckenlampe ein, es war drei Uhr morgens, und begann in dem Buch zu blättern. Sofort lächelte ich, denn Becketts Sätze richteten sich so treffend an meine Situation, als sei ich mit ihnen verabredet. Einer der beiden Landstreicher sagt zum anderen: «Was machen wir hier, das muss man sich fragen.» Dieser Satz sprach zu mir, denn ganz ehrlich, während ich die Nacht am Steuer eines stehenden Autos zwischen einem Papyrus und einer kleinen blauen Lampe verbrachte, während die Begeisterung etwas nachließ und mein Rücken zu schmerzen begann, während die Geräusche der Stadt erwachten und das leiseste Klingeln, der entfernteste Klang von Stimmen, das geringste Quietschen von Autos, die anfuhren, bremsten, beschleunigten und mich beinah streiften, wenn sie durch die Rue de la Chine fuhren, die Stille und mit ihr die geduldige Erarbeitung meiner Ruhe störten, hatte ich allen Grund, mir Fragen zu stellen, zumindest diese eine: Was hatte ich hier zu suchen?

Estragon und Wladimir, die beiden Hauptfiguren aus *Godot*, hatten die Antwort gefunden, und sie galt für mich ebenso wie für sie. Sie hörten nämlich Stimmen. Estragon sprach von «all den toten Stimmen»; Wladimir und er sagten, sie «rauschen wie Flügel» oder «Blätter» oder Sand». Sie wussten es nicht genau, aber in einem waren sie sich einig: «Sie sprechen alle gleichzeitig.»

Ich sagte mir: Godot wirkt auf mich wie auf andere das *I Ging* – eine Sammlung von Vorhersagen. Die Stimmen, die allmählich laut werden, seit ich ins Auto gestiegen bin, die aus einer größeren Erinnerung als meiner kommen und die Sprache der Verweigerung sprechen, Becketts Verweigerer sagten mir, «es genügt nicht, tot zu sein». Sie bestätigten mir, dass für die Stimmen *der Tod nicht genug ist*. Wenn sie jemanden finden, der ihnen zuhört, erwachen sie wieder zum Leben.

Drei 20. ARRONDISSEMENT

In ein paar Wochen bin ich ein anderer geworden. Weil ich mich dem «Intervall» geöffnet habe, habe ich aufgehört, Meinungen, «Ideen», kulturelle Vorlieben zu haben. Ich bin nicht mehr nur Jean Deichel, der schweigsame Dreiundvierzigjährige, der Arbeitslosengeld bekommt und in seinem Sozialverhalten nur dem eigenen Kopf folgt. In dem vom immer gleichen grauen Mantel umhüllten Körper wohnt jetzt ein Fremder, jemand, dem die «Aktualität» scheißegal ist, der nur den Rändern Aufmerksamkeit schenkt, dem Saum, den Krümmungen der Wolken und dem Unkraut, das die letzten Brachen von Paris bedeckt.

Ein Dichter? Ich glaube, das Wort würde ihn zum Lachen bringen. Passt bloß auf: Die Einzelgänger haben vielleicht Charme, aber auch eine Härte, die euch auf Distanz hält.

Ich hatte die Rückbank umgeklappt und das Auto mit einer Matratze ausgepolstert, die ich billig in einem Basar am Boulevard du Ménilmontant gekauft hatte; und jetzt schlief ich nachts. Ich hatte dunkle

Vorhänge an die Scheiben geklemmt und mit Kartons eine Trennung zwischen den Sitzen und meiner Schlafstatt gebaut. Dank der Ohropax weckten mich nur noch die Müllleute und das Müllauto gegen sechs Uhr. Ab und zu klopften nachts ein paar Nervensägen an die Fenster. Die Bullen hatten einmal meine Papiere verlangt. Der Papyrus war verschwunden. So viel zu den Neuigkeiten.

Um in Form zu bleiben und um mich zu waschen, gehe ich jeden Tag ins Schwimmbad Tourelles. Das ist für Arbeitslose umsonst und außerdem nur fünf Minuten entfernt, gleich oben an der Avenue Gambetta, hinter den Wasserspeichern von Ménilmontant, in dem Viertel mit Sozialbauten aus Backstein und Hochhäusern, wo ich gern rumlaufe, weil den ganzen Boulevard Mortier entlang die französischen Geheimdienste ihre Anlagen haben und weil in meiner privaten Geographie an diesem Ort, einem der höchsten Punkte von Paris, das Schloss des verrückten Grafen Le Peletier de Saint-Fargeau strahlt, das heute zwar zerstört ist, dessen Geist sich jedoch in dem seltsamen Viertel ausbreitet, wo die Platanen, die die Straße säumen, wie Gespenster aussehen.

Nachdem ich mich morgens am Wallace-Brunnen im Square Vaillant erfrischt habe, trinke ich am Tresen des *Petits Oignons*, Rue Orfila, meinen Kaffee, dann fange ich an, ziellos durch die Straßen zu schlendern. Ich streife den ganzen Tag durch das 20. Arrondissement, für mich das schönste von Paris, das einzige vielleicht, das noch ein bisschen lebendig ist. Dort hat man die Straßen noch nicht in Filmkulissen verwandelt. Bald werden auch sie steril werden, wie alle in Paris, aber vorerst wagen sich die Touristen, die den Friedhof Père-Lachaise besuchen, noch nicht weiter nach Norden. Die Führer sagen ihnen sicher, jenseits der Gräber gebe es *nichts zu sehen*.

In gewisser Hinsicht stimmt das. Es gibt nichts – aber dieses Nichts ist eine Chance. Wenn man plötzlich seiner Einsamkeit ausgesetzt ist, entdeckt man eine Geographie. Die Einsamkeit ist ein brennendes Land. Ihre Flammen öffnen dir die Augen und verleihen den durchsichtigen Tagen Glanz.

Ich habe mir abgewöhnt, meine Zeit zu füllen. Meine Tage und meine Nächte sind ein öder, träge fließender Strom, frei von jeglicher Aktivität. Die Untätigkeit lässt dich wahrnehmen, dass gar nichts nützlich ist und dass die Nützlichkeit wahrscheinlich gar nicht existiert. Ich bin nur noch Wanderung. Von einem Ende bis zum anderen in dem Viereck, das das 20. bildet, jeden Tag die drei Hügel – Charonne, Belleville und Ménilmontant – hinauf und hinab, erweitere ich die Wanderung: Sie öffnet mir einen Durchgang.

Wenn man täglich sechs oder sieben Stunden läuft, überschreitet man nicht selten gewisse Grenzen: die der Müdigkeit, aber auch verborgenere. Wenn ich die Rue des Pyrénées hinaufgehe, die sich von West nach Ost durch das ganze Arrondissement windet, gerate ich manchmal in einen Zustand, in dem die Erleuchtung mit der Ödnis verschmilzt. Es ist eine unpersönliche Freude, scheinbar *weit weg von allem*, so wie die Straßen, die ich in alle Richtungen durchquere und in denen der Geist der Grenzgänger, der unterirdischen Gleise, der Schrebergärten herrscht; manchmal habe ich das Gefühl, ein Wald atme unter meinen Füßen und das Laub raschle unter dem Asphalt, mitten in der Stadt.

Vier **DIE SELBSTMORDE**

Heute Nacht bin ich nicht müde. Ich sitze am Steuer des Autos und rauche. Ich bin umgeben von kleinen Lichtern, deren Widerschein auf der Windschutzscheibe tanzt, vom Duft der Glyzinie, der aus dem Garten dringt, und von der Nacktheit jedes Details, in dem Erwartung glänzt. Im Radio habe ich gehört, dass die Selbstmordrate in Frankreich ständig steigt; es sind nicht mehr nur die Armen oder die Arbeitslosen, die sich umbringen, sondern Angestellte großer Unternehmen, manchmal sogar ihre Chefs.

Eine Journalistin hat in Anlehnung an die Warnung auf den Zigarettenschachteln gesagt: «Arbeiten tötet», und sie hat darauf hingewiesen, dass sich alle auf die gleiche Art töten. Sie stürzen sich aus dem Fenster. Das stimmt, in Paris, Melun, Nancy, Toulouse, Nantes, Straßburg, in den Hochhäusern im Stadtzentrum oder in den Industriegebieten springen sie alle aus den Fenstern.

Ich dachte: Ihnen fehlt die Luft, sie ersticken, es gibt nicht mehr genug Platz in ihnen, um zu atmen, also suchen sie etwas Raum, sie machen ein Fenster auf und zerschellen. Es ist das Ende des Tages, gegen neunzehn Uhr, sie sind noch etwas länger im Büro geblieben, unter dem Vorwand, einen Vorgang abschließen zu müssen, die anderen sind inzwischen weg. In einer Stunde sind die Putzfrauen da. Nach Hause gehen? Es kommt ein Moment, wo das nicht mehr möglich, wo kein «Zurück» mehr denkbar ist. Selbst der Ausdruck «nach Hause» mit diesem Sandgeschmack im Mund kommt dir absurd vor. Du hast eine Zigarette angezündet, du hast Angst, dass der Rauch automatisch den Rauchmelder auslöst, der Blick aus dem Bürofenster ist ebenso trostlos wie die Aschewüste in deinem Kopf, du wirfst die halb gerauchte Zigarette aus dem Fenster, es regnet wie immer, du wirst nass werden, das Fensterbrett ist ein bisschen rutschig, du kletterst hinauf, dein Körper fällt in den Regen.

Ich habe das Radio ausgeschaltet. Bin ich wirklich sicher, dass mein Leben nicht auch einem Selbstmord gleicht? Ich habe eine andere Wahl getroffen, ich bin der erstickenden Welt der Lohnempfänger entflohen, aber welchen Weg eröffnet diese Flucht? Diese Welt, von der jeder profitieren will, hat einen Riss; in diesen Riss kriechen sie, um zu sterben. Ich sage mir: Wir suchen alle diesen Riss, und in gewissem Sinne habe ich ihn auch gefunden, wie die Selbstmörder aus den Büros; ich habe auch an einem Spätnachmittag ein Fenster aufgemacht und bin hinausgesprungen. Aber beim Springen bin ich nicht abgestürzt. Ich bin ins Innere einer Leere geschlüpft – in dieses seltsame Intervall, aus dem ich zu euch spreche.

Dann wieder denke ich, dass ich vielleicht gar nicht wirklich lebendig bin und mein Leben nur ein Selbstmord ist. An dem Tag, als ich ins Auto gestiegen bin, als ich den Schlüssel ins Zündschloss gesteckt habe, ohne loszufahren, habe ich mich in gewisser Weise dem Leben entzogen. Schließlich hätte ich weiter mit den anderen kämpfen können, ein «interessantes Leben» führen, wie sie sagen, Geld verdienen, Reisen machen; und anstelle der Einsamkeit, anstelle der bangen Stagnation, in der ich in dieser Nacht zu atmen versuche, hätte ich eine gewisse Befriedigung erlangt. Ja, diese Wahl war wirklich ein Selbstmord, und trotzdem bin ich am Leben, mein Durst ist groß, meine Wünsche sind unbegrenzt. Ich bin aus dem Fenster gesprungen, aber gleichzeitig öffnet es sich vor mir; ich existiere auf beiden Seiten zugleich – als könnte die Leere sich wenden, der Selbstmord sich umkehren. Gibt es die *andere Seite des Selbstmords*? Dort leben mein Körper und meine Gedanken, dort finden meine Spaziergänge statt.

Es ist Sonnabend, fast ein Uhr morgens. Paare kommen aus dem indischen Restaurant am Ende der Straße, ihr Lachen lädt zum Fest ein; sicher gehen sie ins La Bellevilloise oder ins Café Chéri tanzen. Ich habe mein Feuerzeug angemacht und sehe ihre Silhouetten in der Flamme zittern. Ein unerwarteter Himmel strömt über vor Sternen, die einem den Atem rauben.

Der Augenblick ertrinkt in seinen Umrissen. In dieser Nacht wirkt das Auto eng, zu klein, um die Gefräßigkeit der Stille aufzunehmen, die dich packt.

Vorhin, als es um den Selbstmord ging, hat die Journalistin einen jungen Denker interviewt, dessen letztes Buch offenbar für einen Skandal gesorgt hat. Er meinte, der Zusammenbruch der Märkte sei der normale Horizont der Welt geworden und der Ruin werde über den gesamten Planeten kommen. Es werde nichts anderes mehr geben als «Krise», weil die «Krise» der zweite Name der kommenden Welt sei. Die nächsten Crashs würden nicht mehr nur an der Börse stattfinden, sondern unsere Köpfe implodieren lassen. Die Crashs würden unsere Existenz und unsere Psyche mitreißen. Unsere Leben selbst bestünden nur noch aus Crashs und würden wie Abfall übereinander zusammensinken. Die Journalistin fand, der junge Denker übertreibe. Das Leben sei nicht so schrecklich, diese ganze Schwärze fand sie unschön, nur dazu da, die Hörer zu entmutigen. Sie war so gekränkt, dass sie von dem jungen Denker verlangt hat, sich bei ihnen zu entschuldigen. Als einzige Antwort hat er gelacht, ein außerordentlich breites Lachen, ein irres Lachen, das ein paar Sekunden lang allein auf den Wellen schwebte, als habe sich eine Bresche für den Teufel geöffnet; und dieses Lachen hätte noch länger gedauert, wenn die Journalistin es nicht mit Musik unterbrochen hätte.

Ich werde jetzt von diesem Lachen getragen, das

aus dem Auto entwischt; es saust in Richtung Park, dreht sich dort im Schatten um die Platanen und wirbelt in diskreter Begeisterung, in der mein Glück aufblitzt – also steige ich aus und folge ihm.

Fünf **FERRANDI**

In Belleville ging ich ins *Zorba* und bestellte ein Bier. Es war der 4. Juni. Ich weiß es noch so genau, weil ich an dem Abend zum ersten Mal vom bleichen Fuchs gehört habe. Die Wände waren grün, «das grüne strahlenlose Licht der Tiere», von dem das *Bardo Thödol* spricht. Die Neonlampen ließen die Gesichter wie fahle Geister aussehen. In der Luft lag eine krankhafte Erregung, als wäre die Nacht voll mit Kokain. Alle Männer trugen die gleiche schwarze Jacke, den gleichen Dreitagebart; die Frauen hatten den funkelnden Blick von Männerfresserinnen. Alle bewegten sich in einem kleinen, kalten Grauen, das der Alkohol betäubte. Wilde Tiere rannten wie in einer Grotte an den Wänden entlang.

Auf der Suche nach einem Platz stieß ich auf Ferrandi. Wir hatten uns seit Jahren nicht gesehen, er wähnte mich tot, stieß Freudenschreie aus und holte mich an seinen Tisch, wo er mir seine Freundin Zoé, eine große Brünette mit verführerischem Lächeln, seinen Freund Bison – der Bison –, einen Fiesling mit

Boxergesicht und einer Mütze, und Myriam vorstellte, eine junge Frau mit langen roten Haaren, das kreideweiße Gesicht mit Piercings übersät.

Alle waren «Künstler»: Zoé filmte Müllhaufen, sie begeisterte sich für Abfall und besuchte die riesigen Deponien, die Paris umgeben, um dort ihre Filme zu machen; der Bison «performte die Zerstörung», *so sprach* Ferrandi: Er schnitt Hühnern oder Kaninchen öffentlich die Kehle durch und hängte ihre Organe an eine Wand, um sie «in Kunst umzuformen»; Myriam war Malerin, sie hatte das *Zorba* gestaltet und wies mit schüchterner Handbewegung nach oben: Der Tierfries, das über die Wände lief, war von ihr – Büffel, Wölfe, Stiere, Steinböcke, Antilopen und vor Schrecken funkelnde Raubkatzen, verknüpft durch unregelmäßige ockerfarbene und schwarze Pigmente, in denen das Grün ekelerregend und bedrohlich hervorstach.

Ferrandi selbst hatte es in der zeitgenössischen Kunstszene zu Berühmtheit gebracht, indem er Überwachungskameras fotografierte. Sie wirkten als Großaufnahmen so ungeheuerlich wie Zaubermasken und schienen uns mit einem Fluch zu belegen. Ich will, sagte Ferrandi, das Kontrollauge in seine verborgene Finsternis zurückschicken. An jeder Straßenecke, im kleinsten Geschäft, in jeder Tiefgarage versucht uns der Polizeistaat zu beobachten, indem er den Raum flächendeckend überwacht. Im Metallauge der Überwachungskameras, sagte Ferrandi, nistet die Krankheit des Politischen, und wenn das Politische krank ist, nimmt der Fluch seinen Platz ein. Heute, sagte Ferrandi, sind wir in Frankreich Opfer eines Fluchs, der uns in der kindlichen Passivität der Schuld festhält. Das ständig auf unsere Bewegungen gerichtete Auge erinnert uns daran, dass wir in jedem Moment potenziell Schuldige sind.

Ich hatte seit einem Monat mit niemandem gesprochen, schon sehr lange ging ich abends nicht mehr aus. Mein Körper hatte sich langsam aller Worte entledigt. Da er sich auf eine Welt von Nuancen konzentrierte, hatte er die Gewohnheit des Umgangs mit den anderen verloren. Deshalb zerrte das Stimmengewirr, das im *Zorba* herrschte, an meinen Nerven: So viel Lärm an einem so dunklen Ort wirkte auf mich wie eine Lawine.

Außerdem tranken Ferrandi und seine Freunde wie die Wilden. Der Tisch war voller Rotweinflaschen, die sie geleert hatten; jetzt bestellten sie Wodka, Bier, Tequila. Ich fing an, mit ihnen zu trinken. Sehr schnell war ich total blau.

Sie betrachteten sich als Gruppe von Rebellen. Ihrer Meinung nach sollte man sich illegal organisieren, um dem «Neugewählten» Widerstand zu leisten, der ein irres Bullenschwein war und nur eines wollte: einen Polizeistaat errichten, in dem niemand mehr wagt, ein Bedürfnis zu haben, das sich seinem Gesetz entzieht. Der Bison war so besessen vom «Neugewählten», dass er mit geheuchelter Leidenschaft seinen Namen skandierte. Unsere Zeit entzünde sich in falscher Banalität, die nach extremen Taten rufe, sagte der Bison, er sei bereit, der Polizei entgegenzutreten.

Zoé, eine militante Sozialistin, hatte ebenfalls verstanden, dass man sich unbedingt radikalisieren musste. Sie fragte mich mit misstrauischer Miene, in welchem Lager ich stünde. Sie wolle wahrscheinlich meine Papiere sehen, antwortete ich ihr, aber ich hätte sie nicht bei mir.

Sie reagierte gereizt, wollte wissen, für wen ich gestimmt hätte.

«Stirner.»
«Wer ist das denn?»
«Max Stirner.»
Ferrandi lachte schallend:
«Marx verabscheute ihn, stimmt's?»
«Marx bewunderte ihn.»

Ferrandi verkündete, man müsse zwischen der Anarchie und der Angst vor der Anarchie wählen. Das Ganze werde bald explodieren, denn die Welt habe sich in Griechenland, Spanien, Italien und vor allem in den arabischen Ländern so schnell aufgelöst, dass der Aufstand wieder das natürlichste Ausdrucksmittel geworden sei. Der Kapitalismus, sagte Ferrandi, habe seit einem Jahrhundert alles unternommen, um die Revolution unmöglich zu machen, die Kommunisten selbst hätten sich an diesem Komplott zugunsten der etablierten Ordnung beteiligt. Und nachdem der Kapitalismus versucht habe, das Proletariat zu eliminieren, indem er es als Kanonenfutter für die Weltkriege benutzte und dann, ab 1945, die weltweite Herrschaft der Mittelschicht erfand, habe derselbe Kapitalismus, sagte Ferrandi, geglaubt, endlich seinen Traum von einer in seinen Normen eingesperrten Gesellschaft verwirklichen zu können.

Nacheinander legten sie ihre Ansichten dar. Nur Myriam blieb stumm. Der Bison beugte sich gelegentlich zu ihr und schob ihr unter dem Tisch eine Hand zwischen die Beine. Ferrandi hingegen rannte mit Zoé runter zur Toilette. Sie kamen beide mit weit aufgerissenen Augen zurück und schnieften wie Gespenster. Ferrandi bot mir diskret ein paar Pillen an. Ich schwebte sowieso schon in schlaffer Trunkenheit. Ich nahm sie.

Während der Bison in seinen Erinnerungen an den G8-Gipfel 2001 in Genua schwelgte, den er als grundlegende historische Erfahrung erlebt hatte, begann ich, mich schlecht zu fühlen. Es war ein entsetzlicher Trip. Ich hörte Gebrüll, ich sah zwischen den Tischen klebrige Dinge vorbeikommen, vielleicht Quallen. Überall waren Knochen, Mark, Blut. Gleichzeitig war ich von aller Angst befreit. Abgestumpft vom Wodka, lachte ich vor mich hin. Die Tiere kreisten in der Nacht wie Märchenfiguren. Die Schatten entzündeten das Fieber. Pferde, Hirsche, Rothühner streiften unsere Gläser. Durch meine Ekstase hindurch teilte ich den Schrecken der Tiere; ich rannte mit ihnen an den

Wänden entlang und schloss in diesem Ansturm die Augen. Jähe Stille empfing mich.

Mit dem Alkohol bewegte ich mich umso schneller in den Abgrund, als sich die Trunkenheit nicht erst einstellen musste: Seit einem Monat lebte ich darin. In dieser Nacht tat ich nichts anderes, als in einer Welt zu wüten, die die Kehrseite meiner Isolierung war.

Der Bison hörte nicht mehr auf, von dem G8 zu reden. Dort, sagte er, standen sich die anwesenden Kräfte gegenüber und die ganze Welt hat gesehen, dass es tatsächlich Unterdrückung und Protest gibt, anders gesagt, es gibt eine *andere Welt*.

Der Wodka und Ferrandis Pillen entzündeten meinen Kopf. Ich lächelte debil. Ich konnte mich nicht mehr auf die Worte des Bisons konzentrieren: Das Lachen des «jungen Denkers» – jenes Lachen, das mich bis hierher getragen hatte – versengte das Gespräch, in das ich nicht mehr einzusteigen vermochte. Jeder Satz brannte, die Wörter trübten die Luft wie Flugasche. Das Lachen stillt einen unwirklichen Durst. Aus ihm spritzt ein Glück hervor, in dem der Teufel sitzt. Ich trank, ich lachte, den Kopf den Tieren zugewandt.

Zoé wollte wissen, was ich *wirklich* dachte. Meine Haltung reizte sie. Sie kam ganz dicht an mich ran und stellte eine Frage nach der anderen: War ich ein rechter Provokateur? Ein Anhänger der Untätigkeit? Einer von diesen widerlichen Typen, die von der Gesellschaft profitieren, ohne etwas zu tun, um sie zu ändern?

Ihre kleinen Kiefer verkrampften sich, ihr Blick war kalt geworden, leise Befriedigung ließ ihre Lippen zittern. Ich sagte mir: Zoé ist ein Profi, sie denkt *tatsächlich*, dass wir einen Moment der Wahrheit erleben.

«Für wen hast du gestimmt?»

«Für niemanden.»

«Du hast nicht gewählt?»

Es war, als hätte ich sie beleidigt. Sie konnte es nicht fassen: Jemand, der nicht wählt, war in ihren Augen ein Verräter. Für sie war es unvorstellbar, dass man nicht wählen *wollte*. Wie war es möglich, nicht von dieser Chance profitieren zu wollen, die uns die Demokratie bot?

Ich nuschelte irgendwas. Sie verlangte, ich solle es wiederholen. Ich gähnte.

Da warf sie sich auf mich, packte mich am Kragen und hob die Faust: Wegen Leuten wie mir hätten wir einen Schurken an der Macht, ich sei verantwortungslos, eines Tages müsse man sich an Kerlen wie mir rächen, Enthaltung sei ein Verbrechen, man müsse alle vor Gericht stellen, die nicht wählen, sie wegen Verbrechen gegen die Demokratie bestrafen.

Ich hatte einen Satz im Kopf, ich erinnere mich nicht mehr, ob ich ihn ausgesprochen habe, es würde mich allerdings wundern. In jener Nacht war ich in ein Lachen gehüllt, das mich weit fort von jedem Wort trug, und nichts schien mir tiefer als dieses Lachen. Aber ich erinnere mich an den Satz: *Die Politik frisst die Körper, die noch die Schwäche haben, an sie zu glauben.* Dieser Satz drückt aus, was ich damals dachte. Vielleicht kommt er auch vom Lachen des «jungen Denkers», vielleicht ist er nur das, der Gestus eines Lachens; und dennoch ist nichts ernster als dieser Satz.

Sechs **MYRIAM**

Der Bison war aus Solidarität mit Zoé sauer auf mich. Ferrandi war es scheißegal: Er dachte nur daran, zu den Toiletten runterzugehen. Myriams Schweigen bot etwas Tiefe in diesem Raum, wo wir erstickten. Ich betrachtete ihr Gesicht mit verständnisvoller Freude: Ihre Lider wiesen uns eine Welt, in der die Schläfrigkeit begehrenswert ist.

Es kam mir in jener Nacht so vor, als sei Trunkenheit die einzige Politik. Das Dasein, sagte ich mir, besteht darin, sich auf diesen Punkt einzustimmen, wo alles ins Vergessen entgleitet, und ausgehend von diesem Vergessen kehren die Dinge zurück, eins nach dem anderen, wie neu, alles *verzögert*, außer Trunkenheit und Schweigen, die die menschliche Schwere auslöschen.

Der Bison und Zoé redeten mit Ferrandi, ich glaube, sie zogen über mich her. Ich hörte nicht mehr zu: Von Anfang an war mir Myriam so vorgekommen, als gehe sie in Zeitlupe eine Treppe hinunter. Jetzt war sie vor mir: Ich sah sie in Großaufnahme. Ich konnte ihre Sommersprossen erkennen, aus ihrem Dekolleté trinken, ihre Finger mit den rot lackierten Nägeln ablecken und mich wollüstig in ihre Abwesenheit einhüllen.

Ich hatte eine Erektion, wie in einem Wachtraum. Dann kippte ich langsam nach hinten, zwischen einen niedergeschlagenen Bison und ein unscharfes Rhinozeros. Es kam mir vor, als sei dieser Sturz wie ein Opfer und als kicherten die Toten in unseren Gläsern.

Myriam hatte verstanden: Sie sah mich voller Neugier an. Ich glaube, sie hatte gerade erst meine Anwesenheit bemerkt. Ihre Augen bohrten eine Traurigkeit in die Nacht, die sich großen Worten entzieht. Ich merkte, dass sie auch betrunken war – noch mehr als die anderen.

An einer der Wände tauchte reglos ein kleiner Schakal auf. Er schien nicht zur Herde zu gehören und hob den Kopf zum Himmel.

Ich fragte Myriam danach. Es handelte sich um ein heiliges Tier, dessen Bild sie in einem Buch über die Dogon gefunden hatte. Er war irgendwo in Mali an den Steilhang von Bandiagara gemalt, man nannte ihn Blassfuchs oder bleichen Fuchs.

Sie erinnerte sich vage, dass er den Bruch oder die Autonomie verkörperte: Er war der schlechte Sohn, er hatte seinen Vater getötet, sein Tanz feierte den Tod Gottes.

Myriam wusste nicht mehr darüber, aber schon war ich ganz offensichtlich mit ihm verbunden. Durch diesen kleinen Fuchs, so weiß wie Myriams Haut, beobachtete uns ein flüchtiger Gott. War seine Anwesenheit Bedrohung oder Schutz? Ich hatte das Gefühl, dass wir dank seiner der Hölle entgingen.

Ferrandi redete inzwischen von Houellebecq, der Krise und der Knechtung, die in den letzten Jahren die Form einer weltweiten Krankheit angenommen habe. Es gebe nur noch ein Loch anstelle der Welt, sagte Ferrandi, das habe Houellebecq sehr gut gesehen. In diesem Loch lande jeder Mensch auf Erden. Der Sturz nehme verschiedene Formen an und im Grunde sei Kunst nichts anderes als die Beschreibung des Sturzes.

Ich war wieder etwas zur Besinnung gekommen. Ich antwortete Ferrandi, dass Houellebecq perfekt das Verkümmern der menschlichen Gesellschaften beschreibe, bis hin zu dem Loch, sich aber täusche, wenn er in diesem Loch nur eine Wunde sehe, die Unglück bringe. «Glaub mir», sagte ich zu Ferrandi, «es gibt etwas anderes im Abgrund: *Das Loch ist etwas anderes* – es ist eine Chance.»

Und ich fügte noch hinzu: «Houellebecq hat unrecht, denn ich existiere.»

Es kommt mir so vor, als sei von da an alles ins Gleiten geraten. Ich verlor den Bison und Zoé aus den Augen. Ferrandi begann in Zeitlupe zwischen den Tischen zu torkeln. Myriam war neben mir, ich saugte an ihren Fingern.

Eine Reihe brauner Pferde rennt über die Wand; ihr

mit schwarzen Pigmenten verlängertes Maul schreit aus der Tiefe der Höhle, dass der Durst stärker ist als der Wunsch, klar zu sehen – oder dass die Klarheit nichts anderes ist als Durst. So eine Trunkenheit verlängert den Moment bis zum Tod. Er nämlich ist es, der in unseren Gläsern schreit, er lässt die Tiere rennen. Der bleiche Fuchs rennt den Pferden voran; er singt zwischen Myriams Beinen, sie geht zur Toilette hinunter.

Ich folge ihr schwankend. Das Klappern ihrer hohen Absätze auf der Treppe klingt für mich nach Glück. Sie hält ihren Wodka in einer Hand, klammert sich mit der anderen an das Geländer; ich habe mich hinter sie geschoben, ihre Kurven sind warm. Wir gehen jeden Schritt gemeinsam hinunter. Sterne schimmern in dem grünen Licht.

Myriam betritt die Toilette, sie dreht sich zu mir um, stützt sich auf das Waschbecken. Wir küssen uns wie Besessene. Ich knöpfe ihre Bluse auf: Sie hat zwei schöne rote Brüste – der Busen einer *Füchsin*. Ich schiebe zwei Finger in ihren Mund, an denen sie mit geschlossenen Augen saugt. Ihr Körper bäumt sich auf, und ich streiche mit der rechten Hand an ihrem Schenkel hinauf. Ich ziehe ihr Höschen beiseite, schiebe die Finger hinein. Sie knetet durch die Hose hindurch meinen Schwanz. In dieser Nacht habe ich trotz des Alkohols einen fürstlichen Ständer.

Diesen Moment, wenn dir eine Frau mit hochgezogenem Rock und geöffnetem Büstenhalter ihre Nacktheit darbietet, kann man nicht beschreiben. Bist du *da*? Der Ausbruch ruft nach Küssen, die auf diese Gunst antworten.

Ich war außer mir und leckte ihren Hals. Die Haut ist so weich an dieser Stelle, sie erzittert so zart, wenn man vom Kuss zum Biss übergeht. Ihre Finger suchen, sie öffnet meine Hose. Ich werde in ihre Brüste beißen und mein Fieber in einer Wunde ertränken. Ihre Hand ist warm, sie wichst gut. Dann hört es mit einem Schlag auf, sie stößt mich zurück: Die Gestalt des Bisons geht im Flur vorbei. Hat er uns gesehen? Er sucht die Männertoilette. Ich sage Myriam tschüs und rase die Treppe hoch.

Sieben **WIE EIN HUND**

Ich rannte aus dem *Zorba*. Die Platanen auf dem Boulevard waren frisch. Ich lachte laut. Ich war ebenfalls frisch. Die Nacht atmete voller Freude. Es war vier Uhr morgens. Mein Schwanz hing aus der Hose. Ich rannte lachend den Boulevard de Ménilmontant entlang, den Pimmel an der Luft.

In der Nacht kam ich schnell zur Ruhe, in dieser Ruhe verbarg das Universum seine Wut. Es tat gut, durch eine leere Unendlichkeit zu rennen. Beim überstürzten Verlassen der Bar hatte ich vor allem die sprechende Welt verlassen, die Welt, auf die voller Erbarmen der Wirbel der Planeten herabschaut. Nur die Bäume passen sich in einer Stadt dem Taumel an, den der Himmel der Welt darbietet. Sie entwickeln eine Üppigkeit, die in jener Nacht mein Lachen aufnahm. Die Stille um vier Uhr morgens ist eins mit der Trunkenheit des Himmels. Jede Bewegung des Universums verschmilzt mit dem Blut, das im Mund pulsiert.

An der Ecke Père-Lachaise traf ich einen Hund. Er war schwarz, eine Art Wolfshund. Er wirkte erschöpft und bog, nachdem er mir einen Blick zugeworfen hatte, in die Avenue Gambetta ein, auf der Seite des Square de Champlain, an dessen Gitter er entlanglief. Ich ging ebenfalls in diese Richtung, als *folgte* ich dem Hund. Und ich hatte das Gefühl, dass der Hund mir voranging – er wies mir den Weg, öffnete mir einen Durchgang. Wenn eine Gestalt auf der Straße wahrhaftig existiert und den Blick auf sich zieht, betrifft dich ihr Weg. So geschieht es, dass ich mich auf die Spur einer Frau mit lebhaften Augen konzentriere, dem Humpeln eines behinderten Mannes folge, die Aufregung teile, die ein nervöses Geschöpf hervorruft, der kleinsten Flamme lausche, die den Tag von seiner *Nützlichkeit* abbringt. Des Schicksals beraubt, ist die Welt nicht mehr wert als eine Alge oder eine Scherbe. Deshalb ist selbst die kleinste Gelegenheit, ihre Ordnung zu stören, so bewegend. Alle, die sich zwischen Flucht und Zuflucht hindurchlavieren, haben erraten, dass die Anwesenheit nur ein Exil ist und dass nichts anderes existiert als dieses Exil, wo uns die Tiere tatsächlich vorangehen.

Der Hund verlor Blut. Er blieb an der Place Gambetta am Eingang zur Metro stehen und schnupperte an einem Abfallkorb. Dann gingen wir weiter hinauf, er hechelte, ich blieb zwei Schritte hinter ihm. Ab und zu drehte er sich nach mir um, zweifellos war er sehr schwach: Er konnte weder fliehen noch warten. Seltsamerweise war der obere Abschnitt der Avenue Gambetta nicht erleuchtet. Nur die mächtigen Umrisse des

Tenon-Krankenhauses erhoben sich, so weiß wie eine Fata Morgana, in der Nacht. Wir kreuzten die Rue de la Chine, das Auto mit seiner Glyzinienkuppel, eingehüllt in Blüten, war noch da. Ich hatte große Lust, mich ans Steuer zu setzen, das Handschuhfach zu öffnen und das kleine blaue Licht zu genießen, aber ich folgte weiter dem Hund.

Er lief in Richtung Saint-Fargeau, dann bog er plötzlich nach rechts in die Rue Darcy ab und wandte sich der großen, leeren, etwas erhöht liegenden Fläche zu, auf der die Wasserspeicher von Tourelles stehen. Er schlüpfte mühelos durch die Gitterstäbe. Ich fand eine Stelle, wo sich Müllsäcke stapelten, kletterte hoch und konnte so über den Zaun springen. Erinnert sich noch jemand daran, dass es hier in den Tourelles, in diesem leeren Viertel des 20. Arrondissements, ein Internierungslager gab, in dem die französische Republik ab 1941 die sogenannten «Unerwünschten» stapelte: spanische Republikaner, Kämpfer der in ihren Heimatländern verbotenen Internationalen Brigaden, Flüchtlinge vor dem Hitlerfaschismus aus Mitteleuropa, kommunistische und gaullistische Widerständler, jüdische Frauen, die später nach Auschwitz deportiert wurden?

Wenn man durch Paris läuft, bildet man sich ein, man gehe spazieren, aber man trampelt vor allem auf Toten herum. Nur ein Magier könnte die geheime Geschichte dieser Stadt erzählen.

Der Hund lag im Gras, er hechelte. Er rührte sich

nicht, als ich zu ihm kam, sein Blick war ängstlich, aber auch fern. Ich legte mich neben ihn. Das Gras war feucht und roch nach Regen. Ich näherte meine Hand ganz langsam seiner Schnauze. Er stöhnte. Ich streichelte ihn und flüsterte etwas. Seine Zunge zuckte in einem Strom von Speichel. Das Gras war voller Blut.

Im Moment ihres Todes haben die Tiere eine Stimme. Daher scheint die der Menschen zu kommen, in gewisser Weise ist unsere Stimme die Erinnerung an den Tod der Tiere. In einer Nacht, in der sich nichts mehr unterscheiden lässt, überwinden die Worte den Abstand. Der Hund hatte angefangen zu röcheln. An ihn geschmiegt verlor ich das Bewusstsein. Es war ein warmes Universum aus Speichel und Hecheln. Ich war erfüllt von dem Röcheln, das von weit her kommt, von der erschreckenden Sanftheit des Schlafes. Wurde ich von der Meute eingeholt, die im *Zorba* die Wände bevölkerte? Ich fühlte den Herzschlag des Hundes direkt in meinem Bauch.

Der letzte Atemzug eines Tieres offenbart sich wie ein klares Wort. In diesem Atemzug spürte ich den göttlichen Moment vorbeiziehen, von dem wir glauben, er werde durch die Verpflichtung zu überleben ausgelöscht. Er sauste durch die Kehle des Hundes wie ein Blitz. Lässt sich ein Blitz übertragen? Mein Kopf war so nah an der Schnauze des Hundes, dass es mir so vorkam, als verschlänge ich seine Zuckungen. Ich hatte mich *hingegeben* – vollständig geöffnet. Ich streckte den Arm aus und legte ihn um den Hund. In seinem Todeskampf stieß er den Atem aus. Sein Kiefer verkrampfte sich, seine Zunge hörte auf zu zucken.

Das vergossene Blut entzieht dich der Logik, diejenigen, die es verbindet, sagen nicht mehr *ich*: Der Hund und mein Körper ersetzten einander.

Im Gras, dicht neben ihm, verstand ich, dass mir der Hund im Sterben das Geschenk einer Stimme machte, die nur die Stille zu empfangen vermag, eine Stille, die sehr gut auf die Lebenden verzichtet und trotzdem nicht zum Tod gehört: eine Stille, die die Grenzen des Geistes überschreitet.

Da sind sie, die ersten Lichter, der Horizont über der Porte des Lilas wird allmählich heller, der Himmel ist orange, rot. Ich bewege meine Hand hin zur Wunde des Hundes. Sein Blut ist schleimig. Ich reibe mir damit das Gesicht, die Wangen, die Stirn, das Kinn ein. Ich führe die Hand zum Mund und schließe die Augen. Jetzt werde ich schlafen. Das Gras bewegt sich, es wird Tag. *Der Hund ist in mich übergegangen.*

Acht **SACKGASSE SATAN**

Ich erzähle die Dinge, wie sie geschehen sind. Ich versuche, keine Etappe zu vergessen, damit ihr versteht, wie ich den bleichen Füchsen begegnet bin. Man mag sich darüber wundern, dass so eine Begegnung in einer so *verschlossenen* Zeit möglich ist, aber ich sehe darin eine gewisse Logik, denn ihr sind zahlreiche Zeichen vorangegangen. Ich versuche, hier jedes einzelne wiederzufinden und ihre Verkettung zu klären. Dieser Bericht ist die Geschichte der Zeichen, die zu den bleichen Füchsen führten.

Ein paar Tage nach dem *Zorba* machte ich eine Entdeckung. Ich war viel im Auto geblieben und dachte an den kleinen Fuchs der Dogon, an meinen Papyrus, an Myriam, deren Adresse ich nicht kannte. Nachmittags legte ich mich auf den Rasen im Park der Buttes-Chaumont. Morgens erkundete ich das Viertel mit der Gründlichkeit eines Ethnologen. Manchmal blieb ich reglos in einer Straße stehen, gepackt von den Nuancen am Himmel, von der Schönheit der Arbeiterarchitektur in der Rue de Mouzaïa, der überraschend sich öffnenden Sicht auf den Télégraphe, wo einen Formen und Farben anstrahlen.

Eine Welt von Details erweiterte die Klarheit: Meine Existenz hing nur noch an einem Faden; in ihr verbrauchte sich eine Leichtigkeit *für nichts*. Ich badete in der Stille, am Rand zur Benommenheit.

Oft verwechselt man «freie Zeit» mit Müßiggang, aber die Zeit war immer frei: Nichts ist freier, *zugänglicher* als die Zeit. Die Menschen vergeuden sie, indem sie sie mit ihrem Wirrwarr füllen. Ist es möglich, die Leere zu bewohnen?

Ich stand immer früher auf. Gegen sechs Uhr kommt die Müllabfuhr in die Rue de la Chine. Ich werde von den Concierges geweckt, die die großen grünen Mülltonnen an den Straßenrand ziehen. Ich öffne die hintere Tür, steige aus, lüfte das Auto und stecke mein Gesicht in die Glyzinie, dann zünde ich mir die erste Zigarette an. Meistens liegen meine Badesachen schon bereit. Ich nehme die Tasche, trinke meinen Kaffee am Tresen der *Petits Oignons*, wo ich Zeitung lese, dann gehe ich zur Schwimmhalle, die um sieben Uhr aufmacht.

An jenem Morgen waren die *Petits Oignons* geschlossen. Ich beschloss, meinen Kaffee in einem anderen Viertel im *Violon Dingue* zu trinken, einer neuen Bar, die mir in der Rue de Bagnolet, Richtung Metrostation Alexandre-Dumas, aufgefallen war.

Dort entdeckte ich die Inschrift.

Kennt ihr die Impasse Satan? Die Sackgasse liegt im

unteren Teil des 20. Arrondissements, mitten im Charonne-Viertel. Es gibt sie wirklich und direkt daneben die Passage Dieu. Als ich an jenem Morgen auf die Impasse Satan stieß, ging ich aus Neugier hinein. Vielleicht rechnete ich damit, eine schwarze Erleuchtung zu haben oder verhext zu werden.

Es war noch vor sieben. Vor dem Ed-Supermarkt in der Rue des Pyrénées hatte ich ein paar Minuten zuvor vier Männer mit großen Plastiksäcken gesehen, die stumm die Mülltonnen durchwühlten. Es war schon warm, aber sie trugen alle Parkas und hatten sogar die Kapuzen aufgesetzt. Durch die Stille wirkte ihr Vorgehen besonders gründlich. Sie sortierten den Abfall voller Sorgfalt, als wollten sie seine Ordnung nicht stören. Plötzlich zog einer von ihnen vier eingeschweißte Hacksteaks aus der großen grünen Tonne, er reichte sie den anderen, jeder steckte eins in die Jackentasche, dann räumten sie alles wieder so hin, wie es gewesen war, schlossen langsam die Mülltonnen und verschwanden spurlos.

Als ich die Impasse Satan betrat, zündete ich mir eine Zigarette an. Das Licht war stark und blendete mich. Nichts, da war nichts außer einem gepflasterten Hof, Türen, Fenstern; irgendetwas aber tauchte auf, dort, an der Wand, ganz hinten – eine Inschrift. Mit roter Farbe, in großen roten Lettern, die glänzten:

DIE GESELLSCHAFT EXISTIERT NICHT

Ich ging näher ran, ich lächelte. Das stimmt, dieser Satz ist sehr wahr: Die Gesellschaft existiert nicht – sie ist nichts, nur ein Befehl, dem jeder aus Gewohnheit gehorcht, weil er fürchtet, ausgeschlossen zu werden oder im Elend zu versinken.

Zugleich spürte ich durchaus, dass so ein Satz nichts Neues sagte, er war geradezu banal. Die Gesellschaft existiert, jeder weiß es – es gibt nur noch sie, die Gesellschaft, überall, sie hat sich all unserer Gesten und Worte, unseres Zeitvertreibs, unserer Hoffnungen bemächtigt. Sie hat uns alles genommen, hat uns ausgeraubt, jetzt lebt sie an unserer Stelle. In jedem von uns lebt nur noch diese schmeichelnde und schreckliche Stimme, die Stimme der Gesellschaft. Deshalb verstand ich die Inschrift an der Wand der Impasse Satan als Herausforderung. Ich dachte: Jemand hat heute Nacht diesen Satz geschrieben. *Es gibt jemanden* – dieser Jemand ist unter uns, vielleicht ist er sogar mit uns. An jenem Morgen dachte ich vor diesem Satz, der so stolz die Inexistenz dessen behauptete, was uns erstickt, dass man mir den Sinn meiner Einsamkeit zurückgab: *Jemand* in mir erwachte – und dieses Erwachen wiederum weckte seit langem unbenutzte Kräfte.

Und dann gab es unter der Inschrift die Zeichnung eines seltsamen Kopfes. Eine Art Schreckgespenst: Kakerlake der Verwünschung, Hexen-Fisch. Auf jeden Fall schien mich dieser Kopf zu verfluchen – Voodoo lag in der Luft. Plötzlich erhielt die Inschrift den bedrohlichen Aspekt eines Rituals.

DIE GESELLSCHAFT EXISTIERT NICHT

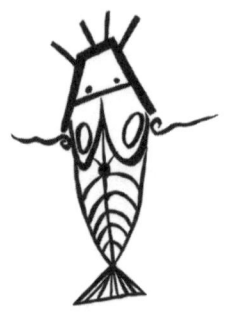

Mich berührte vor allem der Zusammenhang zwischen dem Kopf und dem Satz. Es gibt Hunderte Graffiti an den Wänden von Paris. Die meisten sind bedeutungslos, sie begnügen sich damit, substanzlose revolutionäre Slogans zu wiederholen, als genügte es, eine halbwegs scharfe Formel auszustoßen, um den Sinn der Welt umzustoßen.

Aber das in der Impasse Satan, ich begriff sofort, dass das etwas anderes war: Es war ein Zeichen. Das Zeichen brauchte nicht überall verbreitet zu werden, es wandte sich an wenige Personen, war gezeichnet, um sie zu warnen. Wovor? Ich wusste es natürlich nicht. Aber ich erbebte vor Freude. Mein ganzer Körper verlangte danach, auf diesen Ruf zu antworten, als hätte er seit langem nur auf ihn gewartet, als stieße mich eine unbekannte Kraft vorwärts, hin zu einem Objekt, von dem ich noch nichts wusste.

Wenn ich euch sage, dass die Ereignisse, die das Land umgestürzt haben, von diesem an eine Wand der Impasse Satan gezeichneten Amulett ausgingen, werdet ihr mir nicht glauben. Und doch stimmt es: Die erste Äußerung der bleichen Füchse hat genau hier stattgefunden.

Ich weise darauf hin, weil alle Berichte, die seither über ihr Abenteuer verfasst wurden, die zahlreichen Reportagen, die versucht haben, unseren Aufstand zu rekonstruieren, diesen Ursprung außer Acht lassen. Aus einem ganz einfachen Grund: Sie können ihn nicht kennen. Nehmt also meine Anmerkungen und das, was dieses Buch erzählt, als Beitrag zur *tatsächlichen* Geschichte der bleichen Füchse.

Neun **GODOT**

Ich übertrug die Zeichnung und die Inschrift auf ein Stück Papier, das ich mit Klebeband am Rückspiegel befestigte. So las ich jedes Mal, wenn ich die Augen aufmachte: «Die Gesellschaft existiert nicht.»

Das war Mitte Juni. Sommerlicht durchzog die Stadt wie ein ruhiges Feuer. Das Laub, die Bänke, die Gärten, die Gesichter, alles war in eine lächelnde Helligkeit gehüllt. Die Stille war mein Element geworden. Ich lebte in ihr, umgeben von violetter Frische. Ich wollte herausfinden, wer die Anarchisten waren, die sich in der Impasse Satan äußerten.

Wenn ich das Auto verließ, steckte ich den Zettel in die Innentasche meines Mantels. So hatte ich ihn immer bei mir, während ich durch die Straßen von Paris wanderte, und konnte mich mit seinem Geist vollsaugen; und wenn ich meine Gedanken darauf konzentrierte, würde es mir vielleicht gelingen, sein Rätsel zu verinnerlichen.

Manchmal zeigte ich jemandem die Zeichnung. Ein Mann am Tresen der *Petits Oignons* sah darin einen

Katzenfisch, eine Art Wels mit seinen Barteln. Ein anderer sagte: Das ist ein Magierkopf, er beschwört ein Vergehen, ist nicht die ganze Welt ein Vergehen?

Ich sah darin einen Gott. Nichts von dem, was gewöhnlich ist, schien seine Gestalt zu beleben. Er kam von woanders her. Ich sagte mir: So ein Geschöpf hat die Grenzen überwunden, es gehört weder zu den Lebenden noch zu den Toten – es *gehört nicht*; vielleicht kommt es gerade, um den Menschen zu sagen, dass die Zugehörigkeit nicht existiert.

Ich erinnere mich an einen Absatz, den ich in einem Buch über Taoismus gelesen habe. Ich hatte ihn auswendig gelernt wie Hunderte andere auch. Und im Zentrum meiner Leere tauchten alle diese Sätze seit meinem Einzug ins Auto wieder auf. Dieser lautete: «Wer das Leben gut zu führen weiß, der wandert über Land und trifft nicht Nashorn noch Tiger. Er schreitet durch ein Heer und meidet nicht Panzer und Waffen. Ein Nashorn findet an ihm nichts, worein es sein Horn bohren kann. Ein Tiger findet nichts, darein er seine Krallen schlagen kann. Die Waffe findet nichts, was ihre Schärfe aufnehmen kann. Warum das? Weil er keine sterbliche Stelle hat.»

Gibt es diesen Punkt, ab dem die Gesellschaft nicht mehr in uns eindringt? An manchen Abenden spürte ich im Auto, während mich das «Intervall» in seinen Spiralen forttrug, oder nach mehrstündiger Wanderung, dass nichts mehr Macht über mich besaß. Ja, wenn man sein Leben dem zuwendet, was es erweitert, beginnt man auf eine Weise zu existieren, die an die Stelle der Normen tritt. Und dann, einen Augenblick lang, *gibt es in uns keinen Platz mehr für die Gesellschaft.* Dieser Augenblick kann die Form eines Lebens annehmen. Das dachte ich damals.

Es war Mitte Juni. An jenem Abend geschah etwas Bedeutungsvolles. Wenn ich mich recht erinnere, habe ich zuerst das Radio angemacht, nach zehn, es lief eine politische Sendung. Der Kolumnist einer Wochenzeitschrift zog über die Unterstützungsempfänger her. Seiner Meinung nach kosteten alle, die keine Arbeit hatten, die Gesellschaft viel Geld und wurden allmählich zur Gefahr für das Gleichgewicht des Landes. Er schlug eine Jagd auf die Untätigen vor. Man müsse sie alle zwingen zu arbeiten, er benutzte das Wort «Umerziehung». Jeder beliebige Beruf sei gut, sagte er: «Straßenfeger, das ist perfekt. Sollen sie doch die Scheiße der arbeitenden Menschen aufsammeln, dann kapieren sie es.» Ich weiß nicht, was sie kapieren sollten, aber alle anderen lachten. Etwas später sagte derselbe Journalist dieser Wochenzeitschrift, die ich immer für links gehalten hatte: «Jemand, der nicht arbeitet, mindert meine Kaufkraft.»

Ich machte das Radio aus. Häuser brannten in meinem Kopf, Autos, Straßen, die Seine stand in Flammen. Wenn man den Atem anhält und bis sieben zählt, entgeht der folgende Atemzug dem Dämon. Aber in jener Nacht gelang es mir nicht, die Sätze des Journalisten zu vertreiben. Ich sagte mir: Siehst du, die

Gesellschaft existiert, du bist noch nicht bereit, ihrem Gegenteil zu begegnen.

In jener Nacht konnte ich nicht schlafen. Ich blieb am Steuer sitzen, trank Wodka und rauchte. In der Luft lag eine fast herzzerreißende Milde. Nachts gegen drei sind die Bäume nackt. Diese Nacktheit entlockt einem Tränen, als wäre man verliebt. Die Nacktheit der Bäume bohrt ein Loch in das Universum, in dem die Menschen zu existieren glauben; sie durchkreuzt ihren Schwachsinn.

Ich hatte das Handschuhfach aufgemacht, damit mir die kleine blaue Lampe Licht spendete; es ließ meinen Magier-Fisch wie einen Mond aussehen.

Irgendwann, gegen drei oder vier Uhr morgens, holte ich das Buch von Beckett aus dem Handschuhfach und schlug es irgendwo auf. Estragon sagt: «Wir finden doch immer was, nicht wahr, Didi, was uns glauben lässt, dass wir existieren?» Ich lachte. Wladimir antwortet: «Ja, ja, wir sind Zauberkünstler.» Ich bekam einen Lachkrampf. Natürlich, große Kunst ist immer lustig, aber ich glaube, ich war einfach total zu. Ich erhob meine Wodkaflasche auf Beckett und die Zauberkünstler. Plötzlich kam mir der Name Godot ganz selbstverständlich vor. Schließlich geben diese beiden, die irgendwas erwarten, auch den Bäumen, der Dunkelheit, der Müdigkeit, der Schwäche Namen; sie erkennen an, dass es Nächte, Träume, Hosen, Möhren gibt und vielleicht sogar einen Weg. Also nahm ich den Namen Godot aus meinem Buch und gab ihn meinem Fisch. Ich sagte: «Ich taufe dich im Namen der Anarchie.» Ich besprengte ihn mit etwas Wodka und erklärte noch: «Ich liebe dich, Godot», dann bin ich wohl eingeschlafen.

Zehn ECCE HOMO CADAVER

Ein Schrei weckte mich. Ich machte die Tür auf. Überall war Asche, mein Hemd war schweißnass, der Wodka hatte sich über meine Hose ergossen, ich schwankte auf die Straße. Der Müllwagen hatte etwas weiter oben in der Straße angehalten, ein Mann brüllte, es herrschte ein albtraumhafter, schriller Lärm, Polizeisirenen, Rundumleuchten, die blinkten wie tollwütige Tiere. Ich rannte zum Müllwagen. Die Müllmänner bewegten sich rastlos in einem Haufen aufgerissener Abfallsäcke; sie trampelten darin herum, und die Straße war nur noch eine stinkende Deponie, ein Strom von Unrat.

Ich dachte, ein Container sei umgekippt, aber die Feuerwehrleute versuchten, etwas aus dem Anhänger zu holen; sie warfen hastig Müll auf die Straße, einer von ihnen war sogar in die Trommel geklettert und bahnte sich einen Weg durch den Dreck.

Das Blaulicht und die grün-signalgelbe Kleidung der Müllmänner blinkten mit einer Heftigkeit, die mich blendete; sie machten die ganze Szene ungeheuerlich.

Der Zylinder, der den Abfall im Anhänger zerkleinert, war angehalten worden und klaffte wie das offene Maul eines Wals. Plastikstücke klebten an seinen Zähnen. Ich begriff, dass ein Mensch dadrin war.

Ich habe es schon gesagt: Abwesenheit ist meine zweite Natur. Ich habe mein Leben damit verbracht, abwesend zu sein. Im Kern der Abwesenheit strahlt eine Wahrheit, die vom Alltagsleben abgelehnt wird, weil sie grausam ist. Aber ob man will oder nicht, diese Wahrheit hat uns im Visier: In jedem Augenblick sind wir die Zielscheibe. Ich habe mich dazu gezwungen, mich in der Leere aufzuhalten, weil man dann ganz nah an diesem Grauen ist und weil mich diese Nähe in gewisser Weise schützt.

Aber wenn sich die Leere umkehrt, offenbart sich das, was du fürchtest; und da du in der ersten Reihe sitzt, springt es dich an.

Ich dachte: ein Kiefer.

Die Welt ist voller Kiefer.

Zwischen den Abfällen, die aus dem Maul des Anhängers fielen, sah man einen Fuß oder vielmehr den Matsch eines Fußes.

Gleich darauf schloss sich die Bühne: Feuerwehrleute und Polizisten stellten Sperren auf und drängten uns weg. Ich gesellte mich zu den Müllmännern, die abseits an einem Mäuerchen standen.

Unter ihnen sind zwei junge Schwarze, Issa und Kouré, die ich ein bisschen kenne. Manchmal warte ich morgens auf dem Bürgersteig auf sie, um mit ihnen eine Zigarette zu rauchen. Wir stellen uns unter den Kirschbaum, den wir aus Spaß den «Palaverbaum» nennen.

Sie waren da, saßen auf dem Bürgersteig bei ihren Kollegen, den Kopf in den Händen vergraben; sie weinten. Man erklärte mir, dass ein Mann im Müllwagen zermalmt worden sei, ein Obdachloser, der in einem Müllcontainer geschlafen hatte. Es gibt immer mehr, die dort Zuflucht suchen, sagte einer der Männer, meistens sehen wir vorher nach, aber manchmal sind sie unter Müllsäcken vergraben, vor allem im Winter, und die Morgenmannschaft hatte keine Zeit, es zu überprüfen, hat er gesagt, sie haben den Container wie üblich bis unter die Trommel gezogen, und als er aufging, sahen sie mit dem Müll einen Menschen hineinfallen, und es ertönte ein entsetzliches Brüllen, aber das war gleich vorbei, hat er gesagt, weil solche Müllwagen alles zerkleinern. Der Fahrer hat die Maschine sofort angehalten, aber es war zu spät.

Elf **DAS GRAUEN**

Das Bild des abgeschnittenen Fußes verfolgte mich. Ich konnte die Augen nicht mehr zumachen, ohne dass er auftauchte und mir ins Gesicht sprang, deswegen machte ich die Augen nicht mehr zu. Dieser Mann hat ein paar Meter von mir entfernt geschlafen, und es bleibt nichts von ihm übrig. Tot? Ich weiß nicht, ob man dieses Wort verwenden kann. Zerrissen, zermalmt, zerhackt. Wie Müll behandelt. Wenn ich an ihn denke, ist es mir unmöglich, einen Menschen zu sehen. Ich bin besessen von etwas anderem als einem Menschen, von der Vorstellung, dass ein Mensch in die Mülltonne geworfen werden kann, dass man ihn in den Müllschlucker steckt, dass er im Abfall landet. Ich fange an zu denken, dass die Müllentsorgung den Tod ersetzt und dass diese Ersetzung das Schicksal der Körper ist.

Und dann widert mich der Gedanke sehr schnell an, als würde ich philosophieren. Was kann man machen, um die Gedanken anzuhalten? Auch wenn ich fix und fertig bin von dem, was ich gesehen habe, hören meine Gedanken nicht auf. Sie kreisen um den Mann, den ein Müllwagen verschluckt hat.

Ich schwanke, mein Mund steht offen. Die Vernunft bricht sich an dieser Tatsache: Da ist jemand, dann ist da nichts mehr. Ich schließe die Augen, um diesen Jemand zu sehen, aber ich sehe nichts. Nicht mal einen Menschen, einen Fuß; nicht mal einen Fuß, einen Stummel, einen Blutklumpen, ein Stück verlassenes Fleisch. Das Elend der Zehen, dieser armseligen Krallenrestchen am Ende des menschlichen Tieres.

Ich bleibe die ganze Nacht reglos am Steuer sitzen. Ich betrinke mich, ich rauche. Mein Geist ist abgestumpft in einem schwebenden Albtraum. Was wirft sich so in die Dunkelheit? Ich habe vergessen, was mich entflammt. Ein großes Loch ersetzt den Himmel und saugt mich ein. Meine Gedanken rollen zu ihm hin, verschwinden darin. Doch wenn sie ganz still sind, zerreißt sie der Schrei. Die Stille ist nichts, wenn sie nicht für eine Zeitlang dem Denken ein Ende setzt. Bitte schön: Ich denke nicht mehr – ich bin und ich bin nicht. Das Entsetzen löscht die Worte aus. Sie werden ununterscheidbar bis zur Konfusion des Schreis. Kichernd wiederhole ich laut diesen absurden Satz: «Ich bin und ich bin nicht.» Mein Lachen löst sich in den Rauchschwaden der Zigarette auf. Meine Zähne werden zu Rauch, verschwinden. Und vielleicht nimmt endlich das Intervall meinen Platz ein und gleitet in den leeren Raum zwischen den Müllbergen.

Zwölf **DIE OPFERGABEN**

Ich habe einen Altar für den Toten gebaut. Als die Müllmänner heute Morgen in die Straße kamen, bin ich aus dem Auto gestiegen und zur Ecke Rue Villiers-de-l'Isle-Adam gegangen, wo es direkt neben den Containern einen kleinen Garten gibt. Das Gras wächst durch den Zaun bis auf den Bürgersteig und klammert sich an die Wurzeln einer Platane: Dort habe ich mit Issa und Kouré die *Opfergaben herausgeholt*.

Sie stammen aus Mali, ich nenne sie die Dogon-Brüder, aber sie gehören nicht zum Volk des Steinhangs. Sie sind Soninke und kommen wie die meisten malischen Einwanderer in Paris aus der Region Kayes. Sie sind Zwillinge; so sind sie, habe ich ihnen gesagt, nicht allein geboren.

Wir drückten uns die Hand, ich bot ihnen Zigaretten an, wir rauchten stumm.

Ich hatte einen Hund in den Tod begleitet, aber wie macht man es mit einem Menschen, von dem nur ein Fuß bleibt? Rituale vollziehen sich unabhängig von uns, sie bevölkern unseren Geist mit Staub und Gesängen, sie suchen im Holz, im Feuer, in der Asche die blutige Spur des Todes.

Als ich mich hinhockte, taten sie es mir nach; dann, als ich ein kleines Loch grub, einen Stock einpflanzte und Zweiglein dazulegte, nickten sie voller Andacht. Jeder holte einen Gegenstand aus der Tasche, den er dort für den Toten ablegte: Issa einen Kieselstein und Kouré ein Stück roten Bindfaden. Dann goss ich etwas Wodka in das kleine Loch, und wir saßen alle drei dort, ohne etwas zu sagen. Kouré legte den roten Faden zwischen den Stock und die Zweige; Issa legte den Kieselstein an den Rand des Loches. Wir rührten uns nicht. Wir warteten. Ich dachte: Drei, die warten.

Ich zündete mir noch eine Zigarette an, dann beschwor ich einen beliebigen Namen, ich sagte «Godot». Egal, welchen Namen man in so einem Moment ausspricht, es ist immer ein Gott, der einem in den Sinn kommt. So öffnet man die Kehle der Tiere, indem man ihren Kopf hin zu einem Geist dreht, der uns schützt, und wenn ihr Herz aufhört zu schlagen, ergießt sich ein bisschen Blut in das Loch, das den Durchgang zum Durst der Toten öffnet. Dann kommen sie bis zu uns, und wenn man es schafft, sich auf seine Gedanken zu konzentrieren, ist es möglich, dass uns ihr stummer Gesang erreicht.

Die Toten gehen angeblich schnell; ich glaube das nicht. Mit den Toten muss man langsame Bewegungen ausführen; um über die Toten zu wachen und damit die Toten über uns wachen, braucht man einen

Hauch, einen Atem, der dem Gebet gleicht. Und wenn man kein Gebet hat, müssen die Stimmen ihm gleichen, müssen sanft und sorgsam sein.

Ich sah, dass Issa etwas sagen wollte, er legte lächelnd die Hand auf die Schulter seines Bruders:

«Wir sind keine Trauerführer, aber wir könnten doch trotzdem ein paar Worte sagen, was?»

Kouré drückte seine Zigarette aus, bedeckte seine Augen mit den Händen und gab eine Art Gesang von sich:

«*Awa danu wana boy. Bige yeni dyu wuyo. Awa puro won puro tunyo boy. Awa puro buge puro tunyo boy.*»

Issa zog an seiner Zigarette, sah mich an und übersetzte:

«Holzmaske, komm! Ein guter Mann hat das Leben verloren. Die Augen der Maske sind die Augen der Sonne. Die Augen der Maske sind Feueraugen.»

Wir ließen die Worte sich in der Morgenluft ausbreiten, dann gingen wir im *Chantefable* einen Kaffee trinken. Issa und Kouré waren seit zwei Jahren in Frankreich und wohnten mit ihrem Vater im Bara-Heim in Montreuil. Als Müllmänner konnten sie Geld nach Kayes schicken: «Wir sammeln die Scheiße der Franzosen ein, um Mali zu ernähren», sagte Issa lächelnd.

Als sie mich fragten, was ich so mache, antwortete ich, ich suchte jemanden. Ich holte die Zeichnung von Godot hervor: «Ihr habt ihn nicht zufällig getroffen?»,

fragte ich aus Spaß. Issa und Kouré zuckten zurück. Sie sprangen auf und streckten die Finger nach Godot aus:
 «Nimm das weg!»
 Als würden sie den Teufel sehen.
 Sie waren Godot irgendwo in ihrem Dorf begegnet, vielleicht bei einer Zeremonie, das wussten sie nicht mehr, aber dieses Wesen gehörte ihrer Meinung nach zum «dunklen Hang, zur anderen Seite». Es hat das Universum verfälscht, wegen ihm fehlten der Welt bestimmte Zeichen; sicher hat es sie gestohlen. Sie kannten seinen Namen nicht, und als ich ihnen sagte, dass ich es Godot nenne, lachten sie.

Dreizehn **POLIZEIGEWAHRSAM**

Am 21. Juni traf ich Ferrandi. Er saß in der Rue de Bagnolet vor dem *Flèche d'Or* auf dem Bürgersteig. Ich kam aus der Mediathek *Marguerite-Duras*, wo ich inzwischen meine Nachmittage mit Lesen verbrachte. Ich erkannte Ferrandi nicht gleich: Er hatte sich den Schädel zu einem Irokesenschnitt rasiert, wie Robert De Niro in *Taxi Driver*, und trug eine Sonnenbrille. Sein Gesicht war abgemagert und in einer Wut verkrampft, die ihn schlecht aussehen ließ. Lauernd wie ein Raubvogel verschlang er Eier. Ich hatte noch nie jemanden so essen sehen: Er stopfte sich das harte Ei mit der Schale in den Mund, wie eine Schlange, die ihre Beute hinunterwürgt, dann zermalmte er es mit verzerrtem Gesicht und spuckte die Schalensplitter neben sich auf den Boden.

Als ich über die Straße ging, um ihn zu begrüßen, fiel mir auf, dass er ein Jagdmesser in der Hand hatte. Er sprang auf und richtete es auf mich:

«Ich komm aus dem Knast, der Nächste, der mich anmacht, ist tot.»

«Der Nächste bin ich.»

Sein Gesicht wurde von Ticks verzerrt, und der Irokesenschnitt verlieh ihm ein paramilitärisches Aussehen; als er mich erkannte, brach er in Lachen aus und steckte das Messer weg. Wir gingen ins *Flèche d'Or*, wo er mit einem Freund verabredet war, einem gewissen Michniak, der in einer Band sang und für ein Konzert am Abend probte.

Im noch leeren Saal herrschte eine tranceartige Atmosphäre, und diese Trance war kalt und aufgedreht, voll dumpfer, hypnotischer Gewalt. Auf der kleinen Bühne gegenüber der Bar produzierten zwei Männer im Halbschatten einen metallischen Klang voller Synkopen. Dieses weiße Rauschen kommt vom Eingesperrtsein; ich erkannte darin sofort den Exzess, der in mir das Feuer eröffnet.

Ein gespenstischer Gitarrist, dessen Gesicht hinter einer riesigen Sonnenbrille verbarrikadiert war, stand reglos am Rand der Bühne, versunken im Exzess der Dezibel; ein Sänger von magerer, langer Gestalt bewegte sich neben ihm wie im Boxring. Er skandierte mit wilden Losungen einen Sprechgesang des Aufstands, der mich an die brennenden Straßen erinnerte, in denen ich allnächtlich im Traum versank. Seit dem Tod des Obdachlosen kam es mir nämlich so vor, als brenne die Stadt in einem unsichtbaren Feuer, als öffnete sich in diesem Flammenmeer, das die Häuser zu Asche verbrannte, Autos verkohlte und den Asphalt kochen ließ, unter uns endlich der Abgrund, den die

Bürger hartnäckig ignorieren. Auf diesen Abgrund wartete ich.

Der Sänger grüßte Ferrandi mit erhobener Faust. Wir gingen nach hinten. Ferrandi schob einen großen schwarzen Plastikvorhang zu einer Terrasse beiseite; hinter der Glaswand lagen stillgelegte Bahngleise in gleißendem Licht.

Die Sonne blendete mich. Ich bat Ferrandi um seine Sonnenbrille. Er hatte ein blaues Auge und kicherte. Der Krach hinter dem Vorhang wurde immer lauter, als kenne die Anlage keine Grenzen. Durch schrille Rückkopplungen hörten wir die Stimme von Michniak, der seine Wut herausbrüllte: «Wenn ich heute einen Platz suche / In einer vom Verbrechen regierten Welt / muss ich selbst zum Verbrecher werden / Mitspielen beim Handel um Einfluss / und dem ganzen Scheiß.»

Ferrandi war durchgedreht, mit den Nerven am Ende. Er hatte seit vier Tagen nicht mehr geschlafen. Er bestellte eine Flasche Wodka, ich machte das Fenster auf, um zu rauchen. Ferrandi zog ein Stück Papier aus der Tasche, faltete es auseinander, verteilte etwas Pulver auf dem Papier und schnüffelte es. Kaum war der Wodka da, kippte er drei Gläser hinterher.

«Alle Gläser des Teufels können mich nicht abkühlen.»

Ich hatte den ganzen Nachmittag gelesen, die Lektüre hatte ihre Klarheit auf mich übertragen; Ferrandi hingegen hatte gerade achtundvierzig Stunden Polizeigewahrsam hinter sich; er konnte nicht stillstehen, packte die Wodkaflasche, stieß die Stühle beiseite und tigerte durch den Raum.

«‹Polizeigewahrsam›, weißt du, was das heißt? Das heißt, dass du im Scheißhaus des Staates hockst: Sie haben mir achtundvierzig Stunden lang im Arsch der Republik die Fresse poliert. Hörst du, was Michniak singt? ‹Die laue Hölle› ... Er hat recht: Wir kleben alle in einer lauen Hölle, wie Fliegen, die im Spinnennetz krepieren ... Sie haben uns unsere Waffen geraubt und benutzen sie besser als wir. Der Aufstand ist nackt und bloß, die Negation steht jetzt auf ihrer Seite ... Sie sollen uns bloß keinen Schwachsinn vom Schicksal der Subversion erzählen. Niemand, nicht mal der ausgeflippteste Revolutionär, kann so weit gehen wie die französische Republik.»

Nach einem Abend bei Freunden war Ferrandi zu Fuß auf dem Heimweg, es war spät, er hatte viel getrunken. An der Ecke Arts et Metiers hält ein Taxi an der Ampel. Das Taxi ist leer, Ferrandi winkt es ran, der Fahrer weigert sich, ihn mitzunehmen. Ferrandi versucht die Tür aufzumachen, wird wütend und tritt gegen die Tür. Der Fahrer steigt mit einem Ochsenziemer aus, Ferrandi und er prügeln sich, die Bullen kommen, trennen sie, stoßen Ferrandi an eine Mauer, zerren seine Arme hinter den Rücken, legen ihm Handschellen an und nehmen ihn mit.

«Was sich in den Ausnüchterungszellen des Polizeistaates Frankreich abspielt, ist die dunkle, die abartige Seite der Republik», sagte Ferrandi. «In der Ausnüchterungszelle haben sie mich fertiggemacht, wie sie 1961 die Araber fertiggemacht haben und heute den lieben langen Tag die Afrikaner ohne Papiere fertigmachen.»

Ferrandi schwankte, er war total blau. Aber seine Worte waren klar. Seine Stimme war nicht mehr dieselbe wie im *Zorba*, sie war dunkler, heiserer, als brüllte ein Messer in seiner Kehle.

Wie seine Freunde Zoé und der Bison hatte Ferrandi an die Politik *geglaubt*, jetzt glaubte er nicht mehr daran. An die Politik *glauben* heißt noch irgendwie, ganz vage zu denken, dass das Böse nicht das letzte Wort hat. Sein rasierter Schädel strahlte die Brutalität einer Trauer aus, die dir den Krieg erklärt. Ich begriff, dass er während seiner Haft den Punkt erreicht hatte, wo sich Kontrolle und Schändung nicht mehr trennen lassen.

«Sie haben mich nackt ausgezogen», sagte Ferrandi, «sie haben mich in ein Loch geworfen und mich mit diesen Plastikknüppeln verprügelt, die keine Spuren hinterlassen. Die Bullen haben gerufen: ‹Dreckiger Pariser Bourgeois, wir lassen dich deine Künstlerscheiße fressen!› Ich saß im Rattenloch der Republik, da, wo die Politik darin besteht, die Schreie zu ersticken. Irgendwann wollten sie meine DNA haben, und als ich ihr Wattestäbchen weggestoßen, es ihnen in die Fresse gespuckt habe, haben sie sich auf mich gestürzt, haben mir Haare ausgerissen und gebrüllt, jetzt wär ich erledigt, jetzt wär meine große Visage bei allen Diensten gespeichert. In der Zelle, wo neben mir noch drei Schwarze schmorten, weil sie heimlich irgendwas verkauft hatten, haben sie uns nicht schlafen lassen, sondern über einen Lautsprecher Akkordeonmusik gespielt. Gibt es was Schlimmeres? Ich musste nachts aufs Klo, weil der Abort in der Zelle verstopft war; beim Scheißen habe ich gemerkt, dass mich eine Kamera filmt. Sie sind wie die Wilden reingestürzt und haben mich auf den Boden geworfen. Haben mit der Kamera meinen Arsch gefilmt! Gelacht haben sie und rumgebrüllt: ‹Siehst du, wir sind auch Künstler, wir machen dein Porträt. Wir filmen nicht deine Fresse, sondern deinen Arsch, weil du einfach nur ein dreckiges Arschloch bist.›»

Ferrandi war kurz vor dem Zusammenbruch, er hatte die ganze Flasche Wodka geleert und redete jetzt mit Grabesstimme. «Das Verrückteste ist, dass sie da genauso gefilmt haben wie das Auge der Überwachungskamera, das ich immer fotografiere. Die Großaufnahme von meinem Arschloch war die exakte Replik der Großaufnahmen von Überwachungskameras, die ich immer mache. Ist dir klar, was diese Entdeckung bedeutet? *Das Kontrollauge ist ein Anus!* Wenn sie uns überwachen, vergewaltigen sie uns: Die Wahrheit der Überwachung ist anal.»

Ich hatte Mühe, mein Lachen zurückzuhalten. Ferrandi hingegen war gar nicht zum Lachen zumute. Während ich ihm zuhörte, wuchs mein Unbehagen.

Ich hatte die ganze Zeit Wein getrunken und war selbst total blau. Mein Blut ist kalt, aber manchmal verwandelt sich diese Kälte in Asche, als würde ich erlöschen, dann überkommt mich die Lethargie, aber, und das ist das Seltsame, sie brennt.

Vierzehn **DIE EINSAMKEIT IST POLITISCH**

Michniak stürzte herein, Ferrandi und er entfernten sich. Ich blieb allein an meinem Tisch und betrachtete die Hochhäuser von Saint-Blaise, hinter deren Fenstern das Licht anging. Das Lächeln des Mondes wurde zum Grinsen, der Himmel zog sich zurück. Die Bahngleise verschwanden in einem Tunnel, und in meiner Trunkenheit kam mir dieser Tunnel ebenso erschreckend vor wie das Loch, von dem Ferrandi gesprochen hatte. Diese Gleise gehen nach Osten, und ich sagte mir: Das ist die Richtung des Albtraums – der Tunnel verschlingt die Phantomzüge und öffnet sich erst in Lothringen, im Elsass, noch weiter am Ufer des Rheins, in Richtung Pommern, in Polen, da, wo alle Züge enden.

Ich bestellte noch eine Flasche Wein. Während ich auf den Tunnel starrte, hatte ich die Eingebung, dass er in die Welt der Toten führte, dass wir nur existierten, um geopfert zu werden, dass wir nur Rohstoff waren, um die Gräber zu schmieren, wie der arme Kerl, der in einem Müllauto zermalmt wurde. Ich schwankte und lauschte den Schatten. Da, sagte ich mir, mitten in Paris sprechen die Toten – und ihr Atem durchdringt die Unterwelt. Führt der Tunnel nicht unter dem Friedhof Père-Lachaise hindurch? Ferrandi hat recht: Der Arsch der Republik verschlingt die Augen, die ihn entblößen.

Seiner Meinung nach lebten wir in einer Zeit, in der die Polizei die Politik ersetzt hatte. Diese Ersetzung war historisch, sie besiegelte unsere Unterwerfung. Unter dem Wort «Polizei» verstand er nicht nur die Ordnungskräfte, sondern alles, was in uns bereit war, sich einschränken zu lassen. Ferrandi zufolge würde unsere Knechtung bald keine Grenzen mehr kennen, weil das politische Wort tot war und nur die Kontrolle weiterlebte.

«Wir haben keine politische Existenz mehr», wiederholte Ferrandi und schlug mit der Faust auf den Tisch. «Die einzige Hoffnung kommt von denen, die schweigen», behauptete er, «von denen, die keinen Zugang zur Sprache haben, weil sie von der Sprache ausgeschlossen sind: den Obdachlosen, den Arbeitslosen, den Papierlosen – der ganzen Gemeinde der LOSEN. Ihr Schweigen ist heilig, weil es das ist, was übrig bleibt. Bei einem Opfer bleibt immer etwas übrig», dozierte Ferrandi, «und erst an dem Tag, an dem diejenigen, deren Existenz die Ökonomie ablehnt, eine Sprache finden, wird die Politik wieder existieren.»

Ferrandis Trunkenheit hinderte ihn nicht daran, seine Gedanken zu formulieren, aber während seiner

Rede sank er immer wieder zwischen den Stühlen nieder; schließlich brach er ganz zusammen.

Auf der Erde ein zerbrochenes Glas, Rotweinlachen. Ich stand auf, um ihm zu helfen, verlor ebenfalls das Gleichgewicht und landete in einer Pfütze.

Es gibt einige unter uns, die sich fragen, was sie auf der Welt machen, ob geboren sein nicht generell eine Farce ist. In jener Nacht hätte ich mich von einem Turm herabstürzen oder mit geschlossenen Füßen in ein Feuermeer springen können: Ich war selbst eine Farce.

Als ich mich mit weingetränkter Hose aufrichtete, verspürte ich plötzlich ein Glücksgefühl. Es war dunkel, und die Ernsthaftigkeit der Menschen erschien mir wie eine ferne Gestalt, die man in die Finsternis zeichnet. Ich lachte. Der Schlamm am Himmel war rot und schwarz. Ich kletterte auf das Fensterbrett, die Finsternis der Bahngleise öffnete sich für meine Sehnsucht. Ich bin sicher, dass ich in jener Nacht gesprungen bin – sicher, dass ich, wenn auch nur für ein paar Sekunden, *auf die andere Seite* gelangt bin, bei dem Hund von Tourelles war und seinen feuchten Atem gespürt habe. Ein Felsenmurmeln bestätigt es mir. Ein seltsamer Regen aus Einzelheiten singt in meinem Kopf.

Als ich wieder zu Bewusstsein kam, saß ich: Ein Mann schüttelte mich, und eine Frau reichte mir ein Glas Wasser. Ihr BH-Träger sah aus der Bluse hervor, ich streckte die Hand nach ihr aus, und sie wich hastig zurück.

Ferrandi war verschwunden. Hinter den großen Fenstern ließen die Hochhäuser von Saint-Blaise die Sterne platzen. Ich trank den Rest aus der Wodkaflasche, dann stand ich taumelnd auf. Entsetzlicher Lärm bohrte sich in meine Ohren, und mein Herzschlag wurde schneller. Der Tumult ist auf seine Weise eine Leere. Das Nichts bewegt sich darin mit einer Inbrunst, die es an ruhigen Tagen verbirgt. Ferrandis eisiger Bericht hatte meine Nerven strapaziert; zweifellos ist er einer der Gründe dafür, dass ich mich den bleichen Füchsen angeschlossen habe.

Ich fand mich im Gedränge und in einer Bruthitze wieder. Die Dunkelheit wurde von hypnotischem Blinken durchbohrt. Empfindungen erreichten mich in Zeitlupe, in einer magischen Endlosschleife. Die Körper um mich herum nickten mit den Köpfen, sie hatten keine Gesichter mehr, waren nur noch Nicken, und Michniaks Stimme betonte die Synkopen: «Sag etwas! Der Roboter ist die Vollendung des westlichen Gehirns / Nächster: Sag etwas! Das globale Verbrechen ist das uneingestandene Ziel der Menschheit / Nächster: Sag etwas! Die Stille ist tot, und der Lärm ist entlarvt.»

Ich suchte Ferrandi, klammerte mich an den Tresen, verlangte ein Bier. Jemand zeigte mir die Toilette, und ich bahnte mir einen Weg durch die aneinanderklebenden Körper. Mich an dieser Aufregung zu beteiligen war absurd, aber ich fand ein zwiespältiges Vergnügen daran. Irgendetwas kam von dort, das ich sehen musste. Das Chaos ist berauschend, es ist ein ungehemmtes Gleiten. Nicht der Tumult führt in die Irre; unsere Angst vor dem Absturz erfindet die Bedrohungen. Natürlich ist es einfacher, diesen Taumel zu vermeiden, aber ich wurde von der Unordnung angezogen: Sie lehrte mich, Godot zu erkennen.

Auf der Toilette drängten sich junge Leute um die Waschbecken: Ihr Blick war leblos, und sie bewegten sich so gleichgültig, als wären sie ferngesteuert. Die Musik dröhnte wie in einer Höhle. Alle schienen im Spiegel auf die Rückkehr ihrer Bewegungen zu lauern. Ein Mann stand reglos da, mit wirrem Haar, in einem langen Mantel; er sah aus, als hätte er die Nacht im Wald verbracht – das war ich.

Fünfzehn **ALLES IST IN ABENTEUERN**

Habe ich den Boden unter den Füßen verloren? Sagen wir, es war eine schwierige Zeit. Abend, Morgen, Nächte, Tage, jede Sekunde bis aufs Skelett gelebt. Ich lag reglos im Auto an der Ecke einer sonnenüberfluteten Straße oder saß in einer Bar und kippte Schnaps in mich. Begegnungen? Ja, ein paar. Ich versuche, wie alle, zu existieren. Ich gebe mich nicht mit diesem Leben zufrieden, das man uns von Kindheit an verkauft und das sich darauf beschränkt, Befehlen zu gehorchen. In Wahrheit gebe ich mich mit gar nichts zufrieden. Sowieso ist die «Wahrheit» nichts anderes als ein heftiges Dementi dessen, was sie bedingt.

Die Zeitungen hatten den Tod des Obdachlosen nicht gemeldet. Seine Qualen verfolgten mich. Wie mich jeder Selbstmord verfolgt: Ich hatte in der *Libération* gelesen, dass sich in Frankreich täglich dreißig Menschen umbringen. Dreißig Selbstmorde am Tag, das sind neunhundert im Monat, das heißt mehr als zehntausend im Jahr. Ich wiederhole mir diese Zahlen, wie man die eines Massakers registriert. In dem

Artikel in der *Libération* stand, dass die Selbstmordzahlen in Frankreich geheim sind und dass Suizid bei den Fünfunddreißig- bis Neunundvierzigjährigen die Haupttodesursache ist; darin stand auch, dass es doppelt so viele Selbstmorde wie Verkehrstote gibt und dass sich die Zahl der Selbstmordversuche auf zweihunderttausend im Jahr beläuft.

Die größte Einsamkeit in uns übersteigt den Verstand und macht uns offen für eine Einfachheit, die den Komfort vereitelt. Da, wo ich mich aufhalte, während ich diesen Bericht schreibe, ist niemand – und dennoch sind sie alle da. Wer sind «sie»? Die Toten? In jedem Augenblick versammeln sich Stimmen in der Leere, und jeder erkennt darin eine Erinnerung; aber eine unpersönliche Erinnerung – gibt es das? Ich spürte, wie ich *für nichts* verbrannte, und mit den Flammen stiegen in mir Fetzen von früheren Leben auf, von anderen zu anderen Zeiten gelebten Leben, Leben, die sich aus der Tiefe an mich wandten, als kehrten sich die Straßen von Paris um, als entblößten die Bürgersteige die Erde, die sie verbargen, eine verwunschene Erde, eine Erde, von der wir in Frankreich vergessen hatten, dass sie verflucht ist.

Ich lebte mit Stimmen, Blendungen, Durst, Mangel. Ich bekam ganz plötzlich Hunger, wenn ich die Autotür zuschlug; dann kam es mir vor, als stürzte ich von einem Felsen. Ich schleppte mich bis ans Ende der Straße und betrat das *Cent Merveilles*, einen chinesischen Feinkostladen, wo mir Monsieur Krim mein

Mahl servierte. Ich hatte ein Abkommen mit ihm: Im Austausch für ein tägliches dampfgegartes Gericht unterrichtete ich seine Tochter Luli, die sich auf das mündliche Französischabitur vorbereitete. Sie wollte unter anderem die *Träumereien eines einsam Schweifenden* von Jean-Jacques Rousseau vorstellen, die ich begeistert zu lesen begann.

Man hatte mir das Arbeitslosengeld gestrichen, weil ich den letzten Vorladungen nicht gefolgt war; ich hätte den Beweis für meinen «guten Willen» erbringen müssen, und zweifellos hatte ich nicht den geringsten «guten Willen». Ich hatte mich in unmöglich zu rechtfertigende Verirrungen sinken lassen.

Mir blieb gerade noch ein bisschen Geld, um bis zum Ende des Sommers durchzuhalten. Seit ich im Auto lebte, hatte ich mich der Konsumsucht entledigt: Abgesehen von einem Kaffee oder ein paar Gläsern Wein am Abend in den Bars des 20. Arrondissements kaufte ich nichts. Ich trug jeden Tag dieselben Sachen: Mantel, Hemd, Espadrilles. Ich las in der Bibliothek und legte mich in die Parks. Das sind die letzten Gratisaktivitäten.

Ich wache über etwas, das von weit her kommt, dessen Namen ich nicht kenne und das jeden Moment wieder auftauchen kann. Es gibt Unterbrechungen, Verfinsterungen und plötzliche Rückkehr; es genügt, dass man wartet und bereit ist, wenn die Zeichen herbeiströmen. Das, was seit jener Zeit *aufsteigt*, weckt Teile einer vergessenen Geschichte. Ich hatte versucht, allein zu sein, und als ich mich jenen Funken widmete, die in Zeiten der Einsamkeit sprühen, entdeckte ich, dass die Einsamkeit politisch ist. Führten die Personen, die ich traf, zur Entschlüsselung eines Rätsels? Irgendetwas vollzog sich, mit der Konsequenz eines Dokumentarfilms, als hätten Ferrandi, die Obdachlosen, die Zwillinge aus Mali und die Selbstmörder eine Gemeinsamkeit und man müsse ihnen nur noch eine Erzählung anbieten.

Sechzehn **GODOT KEHRT ZURÜCK**

Der Juli war ruhig. Ich suchte Myriam auf den Caféterrassen. Ich sprach Mädchen an, dank ihnen verbrachte ich manchmal freundliche Nachmittage, seltsame Nächte und viele Vormittage mit einem heftigen Kater. Es gab alle möglichen Geschichten, Sternennächte, Schinderei, Scheitern, geschenkte Gunst in der Toreinfahrt. Ich erlebte Glück, plötzliche Freuden, lange Depressionen.

Im Restaurant *Les Quilles* auf dem Boulevard de Ménilmontant erlebte ich eines Abends eine erstaunliche Szene: Fünf oder sechs maskierte Kerle kamen in den Saal gerannt und stürzten sich auf die Tische, rissen den Gästen ihre Teller weg und trugen im allgemeinen Geschrei Bratenstücke, Gratin daupinois, Schokoladenfondants und Weinflaschen davon.

Ich werde nicht alles erzählen, was ich damals erlebt habe. Manch einer würde gern einen Roman daraus machen – ich nicht. Wie gesagt, dieser Bericht hat nur ein Ziel: die Geschichte der bleichen Füchse zu erzählen.

Also kürzen wir ab.

Eines Abends kam ich aus einer Ausstellung, zu der mich Ferrandi eingeladen hatte. Sie war in einer Galerie in der Rue Oberkampf. Er stellte mit anderen Künstlern aus, darunter seiner Freundin Zoé, die mir mitteilte, dass Myriam und der Bison nicht mehr in Paris seien, weil sie sich der «Gruppe von Tarnac» angeschlossen hätten.

Die Bilder vereinte das Thema Abfall. Zoés Fotos boten ein halluzinierendes Bild von Müllhalden: Sie waren auf dem Weg, den Lebensraum zu besetzen. Der Himmel war unter den Bergen von Unrat begraben, die den Horizont verschlangen. Die Erde hatte nur noch eine einzige Landschaft: die der Deponie.

Gehörten diese Werke, die Ausstellung und die Welt der zeitgenössischen Kunst selbst zu der globalen Müllhalde? Ein Text von Zoé legte uns diesen Gedanken auf zwiespältige Weise nahe, was Ferrandis Zorn hervorrief, dessen Protest die Atmosphäre des Abends zerstört hatte.

Als ich aus der Ausstellung kam, sah ich den Himmel, ein paar Sterne, etwas Grün: Ich atmete durch.

Dann lief ich die Rue Oberkampf hoch bis zur Kreuzung Rue Saint-Maur: Dort, genau dort, an diesem Ort, den man im 18. Jahrhundert *Haute-Borne* nannte und wo sich heute das Café-Restaurant *Chez Justine* befindet, hatte Jean-Jacques Rousseau am 24. Oktober 1776 seinen berühmten Unfall.

Seit ich mit Luli die *Träumereien eines einsam Schwei-*

fenden las, verfolgte mich diese Szene. Ich las sie immer wieder, ich hatte das Gefühl, sie enthalte den Schlüssel meiner Abenteuer.

Jean-Jacques Rousseau wandert eines Nachmittags durch die Weinberge und Wiesen des Dorfes Ménilmontant, das er bis Charonne durchquert – also bis in die Straßen des 20. Arrondissements. Ich hatte den Weg in der Mediathek *Marguerite-Duras* recherchiert und festgestellt, dass er, bevor er den Hügel hinabläuft, sogar die Rue de la Chine überquert und an meinem Auto vorbeikommt.

Gegen sechs Uhr abends betritt Rousseau, nachdem er die Schranke von Ménilmontant hinter sich gelassen hat, Paris. An dem Ort, wo ich mich befand, direkt vor dem *Chez Justine*, weichen plötzlich die Leute vor ihm zur Seite: «Da sah ich einen mächtigen dänischen Doggenhund auf mich zustürzen, gestreckten Beines vor einer Kutsche dahinjagend, sodass er nicht mehr Gelegenheit fand, in seinem Lauf innezuhalten oder auszuweichen, als er mich erblickte.»

Da hat Rousseau plötzlich eine Idee, die diese Szene zu einer Farce werden lässt: Um dem Hund auszuweichen, denkt er, muss er einen großen Sprung machen, sodass dieser unter ihm hindurchkönne, während er in der Luft hängt. Natürlich hat er keine Zeit für diese ungewöhnliche Parade. Der große Dänenhund prallt gegen Rousseau, der kopfüber hinstürzt. Der Oberkiefer knallt gegen das Pflaster, er verliert das Bewusstsein.

Es ist schon fast dunkel, als er wieder zu sich kommt. Man hilft ihm auf. Sein Gesicht ist voller Blut, die Zähne zerbrochen, und trotzdem erlebt er einen Moment der Ekstase: «In diesem Augenblick wurde ich ins Leben geboren, und mir schien, als wären sämtliche Dinge, die ich wahrnahm, von meinem leichten Dasein erfüllt.»

Blut rinnt ihm aus Mund und Nase, während er durch Paris bis nach Hause läuft, wo seine Frau, als sie ihm die Tür aufmacht, zu schreien beginnt.

Diese Blutspur durch die Stadt war mir vertraut. Sie berichtet mir von etwas im Gedächtnis Vergrabenem, einer Sache, die zweifellos noch nicht existiert, als Rousseau diese Erfahrung macht, einer Sache, die ihm nicht gehört, die entwischt und der Zukunft ein Zeichen gibt.

Ich hatte Luli erklärt: Was Rousseau da trifft, ist nicht nur ein Hund, sondern die Existenz selbst. Er springt nicht über einen Hund, er macht einen *Sprung in die Existenz*. Denn die Existenz ist etwas, das wie ein Tier in rasendem Lauf über dich kommt. Wenn die Existenz über dich kommt, achtet sie nicht auf dich: Sie reißt dich in ihrem Schwung mit, und dann beginnst du zu leben.

Ich lächelte bei dem Gedanken, dass es das vielleicht war: Das, was ich seit Monaten erlebte, war in gewissem Sinn ein Versuch, die Erfahrung zu verlängern, die Rousseau vor drei Jahrhunderten begonnen hatte. Jeder ist somit aufgerufen, in seinem eigenen Leben auf den *Sprung in die Existenz* zu reagieren. Es gibt Anzeichen, die sich manchmal auf die bescheidenste Art offenbaren: ein plötzliches Lachen, ein Zucken der Angst, eine euphorische Anwandlung kann dich in jedem Moment für den Ansturm der Welt öffnen.

Ist es möglich, dass die Erfahrungen durch die Zeit zirkulieren und sich durch das Erwachen der Erinnerung übertragen? Kann man *eine Ekstase erben*? Es hatte angefangen zu regnen, und während ich vor dem *Chez Justine* eine Zigarette rauchte, lachte ich vor mich hin und wiederholte diese Worte: eine Ekstase erben. Für mich, der ich nichts besaß, war das tatsächlich mein einziges Erbe. Aber gibt es ein schöneres?

Kurzum, es hatte angefangen zu regnen, Gewitter zerrissen die Straßen. Die Stadt wirkte plötzlich nackt, nur die Bäume bewahrten den Glanz, der sie der Lächerlichkeit entzog. Ich lief aufrecht im Regen durch die Rue Ménilmontant, als müsste man mir eine Krone darbieten. In der Rue Sorbier, da, wo die aufeinanderfolgenden Bars einem Park Platz machen, erschien an der Hauswand in roten Lettern eine neue Inschrift, darüber mein geliebter Fischkopf:

FRANKREICH IST VERBRECHEN

Wilde Freude packte mich. Blitze durchzogen den Himmel, schlugen dicht neben mir ein, übergossen den Park mit einem Licht, dessen Heftigkeit die Tannen entblößte: Alles war plötzlich weiß, wie in Mondlicht getaucht. Ich begann vor Glück zu brüllen und rannte zum Park, wo die Statue einer Göttin zwischen den Blättern glänzte. Ich kletterte über das Gitter. Der Regen illuminierte mein Lachen: Godot lebte.

Warum berührte mich diese Inschrift so sehr? Sicher waren tausende Leute vorbeigekommen, ohne sich aufzuregen. Ich empfing sie wie eine Prophezeiung. Eine grenzenlose Behauptung reicht aus, um die Zukunft zu erhellen. Alle erwarten einen Aufstand.

Ich war in wilde Leichtigkeit verfallen, und als ich mich an die Göttin presste, der Kopf trunken vor Dankbarkeit, von Regenwasser triefend, dachte ich: Godot ist zurück, er hat diese Lettern mit dem Blut von Jean-Jacques Rousseau an die Wand geschrieben.

Siebzehn **DIE KÖNIGIN VON POLEN**

Hier ist die Königin von Polen. Dank ihrer habe ich Kontakt mit den bleichen Füchsen aufgenommen. Ich habe sie bisher trotz meiner Ungeduld nicht vorgestellt, weil sich dieser Bericht an die Chronologie hält.

Die Szene spielt sich Anfang August im Schwimmbad von Tourelles ab. Ich gehe sehr früh am Morgen hin, bevor die Massen kommen. Es erweitert die Ruhe, den Tag zu beginnen, indem man seine Bahnen zieht.

An jenem Morgen ging eine Frau unentwegt um das Becken *herum*. In gewissem Sinn zog auch sie ihre Bahnen, aber nicht im Wasser. Sie schritt mit so langsamen Bewegungen am Beckenrand entlang, dass es einem unbehaglich wurde.

Es war eine schöne Frau um die vierzig, mit langem blondem Haar, in einem einteiligen roten Badeanzug und einem Bademantel, der sich über einem Busen öffnete, den sie voller Stolz trug: ein schwerer – *geschwellter* – Busen, der nicht zu ihrer Magerkeit passte.

Sie war stark geschminkt, ihre roten Lippen wirkten geschwollen. In ihrer Art, sich mit vorgestrecktem Oberkörper zu bewegen und sorgsam einen Fuß vor den anderen zu setzen, zeigte sich ein gewisser Adel. Außerdem erinnerte das Schwingen ihrer Hüften an die Bacchantinnen, die ihre Schleier kreisen lassen, wenn sie in Wut geraten. Der Gürtel des Bademantels schlug bei jedem Schritt an ihre Seite. Die Welt dreht sich um sich selbst – weiblich, roh, ungreifbar. Diese Frau widersprach jeder Erwartung, und zweifellos lag eine gewisse Unverschämtheit darin, an einem Becken zu lustwandeln, als befände sie sich in der Auffahrt eines Schlosses.

Während ich meine Bahnen zog, ließ ich sie nicht aus den Augen: Sie hatte sich schließlich an den Beckenrand direkt neben die kleine Leiter gesetzt, die Füße im Wasser, und las ein Buch. Ich hätte nicht sagen können, was einen an ihrem Verhalten störte, aber ich *wusste*, dass sie sich einem Vorwurf aussetzte: Die größte Unschuld provoziert die heftigsten Reaktionen, sie zieht sie förmlich an.

Es gab etwas Aufregung, einen Wortwechsel mit dem Bademeister, und plötzlich warf sie das Buch ins Becken. Ich machte ein paar Schwimmzüge, um es zu holen, doch als ich aus dem Wasser kam, war sie verschwunden. Ich brachte das Buch zum Bademeister, der es nicht wollte, die Frau regte ihn auf.

Nach dem Duschen hielt ich das Buch unter den Haartrockner in der Garderobe und versuchte, die Seiten voneinander zu lösen. Es war *Der Bürgerkrieg in*

Frankreich von Karl Marx; der Einband war rot, wie der Badeanzug der Frau.

Draußen regnete es. Ich holte mir einen Kaffee aus dem Automaten und wartete darauf, dass der Regen aufhörte. Ich hatte mir angewöhnt, ein paar Worte mit Berto zu wechseln, der die Eintrittskarten verkaufte. Berto hatte das zwielichtige Gebaren eines Gauners aus dem letzten Jahrhundert, er war ein großer Spieler und hatte Casinoverbot. Für ihn übertraf der Rausch am Spieltisch bei weitem den des erotischen Vergnügens. Dieser Taumel war sein Daseinsgrund: In seinen Augen zählte nichts anderes als dieses Fiebern, diese Minuten, in denen sein Leben auf dem Spiel stand. Deshalb verbrachte er seine Nächte in den illegalen Spielhöllen im chinesischen Viertel an der Porte d'Ivry und kam am Morgen direkt hierher zu seinem *Drückerjob*, wie er sagte.

Ich fragte ihn, ob er die Frau in Rot kenne.

«Die Königin von Polen? Natürlich, sie ist Stammgast. Sie war noch nie im Wasser, ich glaube, sie kann gar nicht schwimmen. Einmal haben wir sie rausgeschmissen, weil sie sich splitternackt ausgezogen hatte, aber sie kommt ab und zu wieder. Mir macht sie Angst.»

Achtzehn **DER BÜRGERKRIEG IN FRANKREICH**

Ich schlug *Der Bürgerkrieg in Frankreich* auf. Die Sätze waren rot gedruckt, sie sprangen mir ins Gesicht wie Funken aus einer Feuersbrunst. Mit ihnen betritt man das Labyrinth jener Berichte, die jede Epoche aufs Neue wiedergeben, das Labyrinth, das jeder zuzuschütten versucht, um den historischen Lauf der Auflehnung tunlichst zu verbergen. Unter all den Episoden in der Geschichte Frankreichs ist die Kommune von 1871, über die Marx in diesem Buch spricht, zweifellos die am meisten verdrängte. Man versucht hartnäckig, ihre Bedeutung kleinzureden, als wäre es nur eine Explosion der Anarchie gewesen und als hätten deren Auswüchse die Gewaltexzesse gerechtfertigt, mit denen sie gestoppt wurde. Oder man spricht gleich gar nicht darüber, was aufs Gleiche hinausläuft. Die Straffreiheit dieses Vergessens sagt viel über das, was man in Frankreich Politik nennt.

Da erwachten also an einem Sommertag in Paris die Geister der Pariser Kommune zu neuem Leben. Es war ein Sonnabend. Die Luft war voller Päonien, Rosen und Tulpen, all die Blumen, die man am unteren Ende der Rue de la Chine, neben dem Square Vaillant und rings um das Tenon-Krankenhaus verkauft.

Das Buch von Marx begeisterte mich; ich stieg aus dem Auto, um auf der Straße im Stehen weiterzulesen, als könnte der verzweifelte Aufruf gegen die etablierte Ordnung, der einem aus den Sätzen entgegenschallt, sich an der freien Luft in den Straßen verbreiten, in die Häuser eindringen, die Körper der Passanten durchbohren. Ein Buch ist in meinen Augen ein *Glücksfall*. Wenn sich eins auf eurem Weg findet, wie es mir mit Beckett, Rousseau oder dieser Broschüre von Marx passiert ist, dann hält es etwas bereit, das für euch bestimmt ist. Die Bücher sind Teil des Spiels, wie die Inschriften, die Begegnungen; indem ihr die Sätze in euch aufnehmt, setzt ihr eure Metamorphose fort.

Marx richtet sich an die Mitglieder der Internationalen Arbeiterassoziation und erzählt von den Ereignissen, die ein paar Wochen zuvor, vom 18. März bis zum 28. Mai 1871, nach dem Deutsch-Französischen Krieg von 1870 und der Kapitulation Frankreichs, zu diesem Volksaufstand geführt haben, der während sechs Wochen eines ebenso schrecklichen wie strahlenden Frühlings der gewohnten Feigheit einer zerfallenen Gesellschaft den plötzlichen Ausbruch einer *freien Freiheit* entgegensetzt.

Dieser Aufstand wurde, wie man weiß, niedergeschlagen.

Wer die wenigen Seiten von *Der Bürgerkrieg in Frank-*

reich liest, begreift, dass die Unterdrückung durch die Regierung unter der Maske der Aufrechterhaltung der Ordnung eine kriminelle Absicht verbarg: Marx zufolge bestand das Ziel von Thiers und seinen Schergen in der «Ausrottung von Paris». Damit die glückliche Allianz von Eigentümern und Bankiers weiter die Regierung fett machen konnte, die ihren Befehlen folgte, musste man für immer den Gedanken auslöschen, dass man die *Korruption stören* könne.

Beseitigen, was die Geschäfte stört; vernichten, was sie gefährdet: Dieser Wahn trieb die Regierung Thiers dazu, die Bevölkerung von Paris hinzumetzeln. Während der «Blutigen Maiwoche» wurden die Kommunarden bis zum Letzten ermordet, man erschoss sie überall, von früh bis spät, sogar auf dem Friedhof Père-Lachaise, um Paris vom letzten Tropfen aufständischen Blutes zu reinigen und die Leichen der in den Parks erschossenen, von den Barrikaden gesammelten, in Massengräbern gestapelten Revolutionäre der französischen Bourgeoisie als Geschenk darzubringen.

Am Ende hat die Tötung keinen anderen Horizont mehr als sich selbst, und Marx schreibt: «Eine ruhmvolle Zivilisation in der Tat, deren Lebensfrage darin besteht: wie die Haufen von Leichen loswerden».

Ich las diese vierzig Seiten im Stehen in der Mittagssonne auf der Straße. Zu meinen Füßen strahlte im Verborgenen der Altar für den Obdachlosen. Das Licht hatte einen brutalen Glanz. Zwischen den Sätzen sah ich die Inschrift aus der Rue Sorbier blinken:

FRANKREICH IST VERBRECHEN

Es war, als begänne das Blut von Jean-Jacques Rousseau erneut von den Höhen von Paris herabzurinnen, als hätte das Blut der Revolutionäre in Frankreich gar nicht aufgehört zu fließen und als manifestierten die Sätze, die seit einigen Monaten – eindeutig wie ein Opfer – mit roter Farbe an die Wände des 20. Arrondissements geschrieben wurden, eine endlos verdrängte Geschichte: die eines Bürgerkrieges, der die Epochen durchquert und immer noch weitergeht.

Ich weiß nicht, wie mir geschah. Ich war geblendet – ich zitterte. Violette Lichter blitzten im Laub auf. An den Wänden waren Brandspuren. Zweifellos fügten sich die seltsamen Abenteuer, die ich seit der ersten Nacht im Auto erlebt hatte, allmählich zusammen: Visionen zogen als Strom grau-blauer Gewitter durch meinen Kopf, sie wirbelten durch die Epochen, als hätten sie eine Bresche in die Zeit geschlagen – was aber war der Sinn dieses Märchenspiels?

Ich eilte hinab zur Seine, das Buch in der Tasche. Ich ging die Avenue Gambetta in Richtung République hinunter, dann die Rue de Turbigo, den Boulevard Sébastopol und über die Place du Châtelet bis zum Ufer, mein Kopf voll von dieser Erinnerung, die nicht meine ist, die nicht mir gehört, die niemandem gehört. Ich glaube, sie dringt in die bereitwilligen Körper ein, damit Vergangenheit, Gegenwart und Zukunft an einem einzigen Punkt existieren können.

Neunzehn PÈRE-LACHAISE

Auf dem Stadtring in Höhe der Porte de Bagnolet gab es einen Massenunfall, der Notdienst des Tenon-Krankenhauses war überlastet. Auf der Place Gambetta hatte man ein großes Zelt für Blutspenden aufgestellt.

Ich weiß noch, dass ich dachte, wenn ich Blut spende, werde man mir vielleicht ein Sandwich anbieten; doch dieser Gedanke war mir sogleich obszön vorgekommen. Das war ein Armengedanken, der Gedanke eines Verlassenen. War ich «verlassen»? Nein, in meiner Einsamkeit lag keinerlei Verzweiflung. Aber eine Person zu sein heißt, die letzte Einsamkeit kennenzulernen. Das habe ich immer gedacht; ich kann sogar sagen, *ich glaube daran*.

Die letzte Einsamkeit lässt sich nicht ermessen. Auf der Ebene, wo sich unser Geist endlos in sich selbst aufspaltet, ist jeder von uns auf seine Weise *der letzte der Einsamen*; selbst die, die als Paar leben oder zu einer Familie gehören, kennen den Abgrund, von dem ich spreche. Nichts kommt ihm gleich, auch keine Fünf-Sterne-Umarmung. Denn die letzte Einsamkeit ist in gewissem Sinne ein anderer Name der Liebe: Daran verbrennt sich das Universum.

Also nein, ich war nicht verlassen, im Gegenteil, ich hatte Glück. *Ich hatte meine Einsamkeit.* Ein solcher Freiraum wird bald verschwinden oder ebenso selten werden wie der Schneeleopard. In einer Epoche, der es gelungen ist, jedes Verlangen zu entwerten, indem sie einen Preis dafür festlegt, ist die Einsamkeit noch frei.

Ich betrat das Zelt: Durch blaue Plastikvorhänge getrennte Zellen reihten sich wie Wahlkabinen aneinander. Man schickte mich an einen Schreibtisch, wo ich eine Zustimmungserklärung unterschrieb. Hinter mir protestierte eine Frau: Sie hatte das Formular ausgefüllt, sie wollte ihr Blut spenden, aber man verweigerte es ihr unter dem Vorwand, sie könne nicht *ihre Identität beweisen*. Ich drehte mich um: Es war die Königin von Polen.

Ihre Sonnenbrille, ihr Platinblond, ihr Burberry-Trenchcoat, ihre roten Strümpfe – alles an ihr, auch ihre bloße Anwesenheit an diesem Ort, wirkte extravagant. Mich packte eine unangemessene Freude. Ich sagte, ich kenne sie, *ich gehöre zu ihr*, und reichte meinen Ausweis hin.

Eine Schwester holte mich zur Blutabnahme. Ich sah zu, wie sich die Proberöhrchen mit Blut füllten. Nach einem Imbiss, den sie uns tatsächlich spendierten, ging ich an die frische Luft.

Die Königin von Polen war da, auf dem Platz, sie

hatte ein Tuch aus hellblauer Seide um den Kopf gebunden, sie rauchte und lächelte, dann fragte sie verschmitzt:

«Sie gehören also zu mir?»
«Das war, um Ihnen zu helfen.»
«Sind Sie ein Heiliger?»
«Saint Jean.»
«Können die Heiligen mit Kanonen schießen?»
«Eher mit Gewehren. Und sie lesen Marx.»

Ich zog *Der Bürgerkrieg in Frankreich* aus der Tasche, um es ihr zurückzugeben. Das schien sie nicht zu wundern. Über den gewellten Einband lächelte sie. Sie wollte, dass ich es behielt, weil sie Bücher, die sie gelesen hatte, niemals aufhob, sie besaß kein einziges, auch wenn ihr dieses besonders wichtig war, weil am Ende, in der Liste der Personen, die den Text unterschrieben hatten, der Name des korrespondierenden Sekretärs der Internationale für Polen, Walery Wróblewski, auftaucht, der ihr Vorfahre war.

Wir liefen einfach los, und etwas später, vor der großen freien Fläche in der Rue Stendhal, sagte sie mir, sie heiße Anna Krieger Levine. Königin von Polen, wie viele sie nannten, war ein Phantasiename, den sie selbst erfunden hatte.

Ihre Papiere hatte sie verbrannt: Es sei unabdingbar, dass man sich ihrer entledige, sagte sie mir; wenn wir alles mit uns machen lassen, wird man uns bald noch elektronische Armbänder umlegen, um jeden Schritt zu kontrollieren. Sie fragte, was ich von dieser Regierung halte, die uns in die Zange nehme. Ich sah den Fuß des Obdachlosen im Müllcontainer vor mir und antwortete: «Frankreich ist Verbrechen.»

Sie sagte – und es klang zugleich verrückt und sanft –, man müsse zu den Waffen greifen und das Verbrechen mit dem Verbrechen ahnden:

«Es gibt nichts Schlimmeres als die Narben. Blut muss fließen, die Kriminellen müssen selbst in dieser Lache baden, an der sie sich so zu ergötzen scheinen. Dieses Land wähnt sich immer in Sicherheit vor den Massengräbern, für die es verantwortlich ist, seine ganze Obszönität kann man am beschissenen Grinsen seiner Vertreter ablesen.»

Eine lange Treppe führt zwischen der Rue Lucien-Leuwen und dem Saint-Blaise-Viertel zum *Flèche d'Or*. Ich ging jeden Tag dort entlang, um in der Mediathek *Marguerite-Duras* zu lesen. Diese Treppe ist von Kastanien gesäumt, deren Kronen einen Baldachin bilden, unter dem man sich gut entspannen kann. Wir setzten uns auf eine der ersten Stufen. Die Luft war mild, hellblau, golden.

Bei den meisten Männern und Frauen verblasst das Licht, die Königin von Polen hingegen brannte. Ihre Bewegungen und ihre Worte hatten den Glanz der Schroffheit. Ich glaube, sie sah die ganze Erde als die ihre an, weil sie nichts davon wollte. Ihre Unbändigkeit war enorm, den Reflex der Negation lehnte sie ab.

Wir rauchten eine Zigarette nach der anderen. Ich mag den Himmel am späten Vormittag, wenn die Bedürfnisse ruhig sind und man über einen Vorrat kommender Momente verfügt. Trotz ihrer Unbändigkeit war Annas Gesicht von einer Sanftheit umhüllt, die ihren Blick mit leichter Traurigkeit verschleierte, ihr Mund aber war gierig und lachte.

Sie lebte gänzlich ungebunden, in der Improvisation; weil sie keinerlei Projekt hatte, war sie immer für das Kommende verfügbar:

«Jeden Morgen, wenn ich aus dem Haus gehe, sage ich mir: Rechtsrum, und du begegnest Gott; linksrum wartet der Teufel. Und egal, ob ich dann nach links oder nach rechts gehe, ich falle in ein Loch. Meine Tage sind riesige Löcher. Ich habe nicht das Gefühl zu fallen, es ist kein Sturz. Ich bin *bereits* im Loch. Ich habe im Leben fast alles verloren, also habe ich eines Tages beschlossen, mich nicht mehr gegen das zu schützen, was geschieht. Seither sind die Tage und Nächte wie Musik. Manchmal sind es grausame Melodien, als würde eine Ratte Flöte spielen. Aber meistens ist es Jazz, von Braxton oder Tristano. Ich will nicht, dass das aufhört, ich will nicht abends nach Hause kommen und mir sagen, dass ich das Leben verpasst habe. Ich würde gern jeden Tag mein ganzes Leben leben, als könnte man zwanzig, dreißig, vierzig Jahre in vierundzwanzig Stunden packen. Und nachts will ich nicht schlafen, weil der Schlaf eine Niederlage ist und weil gerade er uns alt macht.»

Sie zog ihre Schuhe aus, massierte ihre Zehen und streckte die Beine auf den Stufen aus, ich sah den Saum ihrer Strümpfe aufblitzen; und während sie sprach, zeichneten ihre zarten, sehr weißen Finger, ihre rot lackierten Nägel Figuren in die Luft, die mein Verlangen weckten.

Sie sagte, dass sie natürlich ihre *schlechten Momente* habe, aber es sei nicht so wichtig, ganz unten zu sein: Es gebe immer Farben, Bäume, Wein und den Schlag der Herzen.

Eine Szene der Kommune verfolgte sie: Eine Szene, die sich nach dem Massaker abspielte. Einige Kommunarden haben überlebt, sie werden gefangen genommen, man führt sie durch Paris. Auf den Grands Boulevards, in der Nähe der Opéra Garnier, stehen die Bürger in Begleitung ihrer Gattinnen und sehen die Besiegten vorbeiziehen. Sie sind aufgebracht, die Erleichterung kann ihren Hass nicht befriedigen, aber während sich die Männer damit begnügen, die armen, von ihren Ketten gedemütigten Kerle zu beschimpfen, ermuntern sich die Gattinnen gegenseitig zur Gewalt. Drei von ihnen treten vor, ziehen die langen Nadeln heraus, die Dutt und Hut zusammenhalten, und stechen den Gefangenen unter dem Jubel der Menge die Augen aus.

Ich weiß nicht, ob sie sich jedem so offenbarte, vielleicht kam es ihr ganz natürlich vor, so detailliert über ihr Leben und ihre Wunden zu sprechen, als sei Vertraulichkeit nur alter Plunder (als hätte sie keine mehr). Auf jeden Fall hörte ich ihr mit der Aufmerksamkeit zu, die wir den grausamsten Berichten schenken. Die Existenz jedes Einzelnen beschränkt sich meistens auf seine Bequemlichkeit. Wenn man an seiner eigenen Vernunft hängt, führt man ein Leben ohne Reiz. Sie hing in gewissem Sinn an nichts: *Sie hatte ihre Einsamkeit*, und es war das erste Mal, dass ich einen so freien Menschen traf.

Sie vertraute mir an, dass sie einen zwanzigjährigen Sohn hatte, von dem sie nichts mehr hörte. Er hatte beschlossen, «sozial im Wirbel der Hausbesetzungen zu verschwinden». Wahrscheinlich wohnte er irgendwo am Stadtrand von Lyon, Marseille oder Montpellier, in einer der ungreifbaren politischen Gemeinschaften, die den Austausch ablehnen.

Sie hatte lange in New York, in Bowery gelebt, mit einem gewissen Punk-Ideal. Damals war sie Ballett-tänzerin und verbrachte ihre Zeit im Bett, wo sie mit einem Mann, der Maler war, Drogen nahm, Sex hatte und Stummfilme sah. Dann war sie nach Europa gekommen, wo ihr die Armut widerwärtige Erfahrungen eingebracht hatte.

Sie war zweimal verheiratet gewesen: das erste Mal sehr jung, in Amerika, mit einem superreichen Mann, der sie in der Limousine zu ihren Kunstgeschichtevorlesungen fahren ließ; und später in Paris mit einem italienischen Dichter, der gestorben war, als er von einer

Terrasse in der siebenten Etage stürzte, und mit dem sie drei Jahre lang in einem winzigen Dienstmädchenzimmer eine rein sexuelle Existenz am Rand der Verwahrlosung geführt hatte. Sie fragte sich immer noch, ob sein Sturz ein Unfall oder Selbstmord gewesen war.

Sie hatte mehrmals Luxus und sein Gegenteil erlebt, mit einer Gleichgültigkeit, wegen der sie sich nichts anderes mehr vorstellen konnte als den Schwindel; und genau dieser Taumel machte sie zu einer so anziehenden Frau.

Wir schlenderten den ganzen Tag zusammen herum. Wir schwebten im Licht der Straßen, wie geblendete Reisende. Plötzlich kam es mir einfach vor, neben jemandem zu gehen, die schweren Nachmittagsstunden mit Reden, Trinken, Lachen zu verbringen. Ich sagte mir: Es ist noch möglich, sich lebendig zu fühlen; das Glück findet seine Vollendung in einer Einfachheit, die die Ängste vertreibt.

Am Abend liefen wir nach dem Essen am Père-Lachaise entlang und gingen in eine Bar, die *La Souris Déglinguée* hieß, in der Nähe der Metrostation Alexandre-Dumas, wo wir Wein und Wodka bestellten. Vom Alkohol beschwingt, saßen wir eng beieinander auf einem violetten Samtbänkchen und waren zärtlich zueinander. Irgendwann schob ich die Hand zwischen ihre Schenkel, sie stürzte sich auf meinen Mund und biss mir in die Lippen. Ich wollte gerade mehr Wodka bestellen, als sie einen total verrosteten Schlüssel vor uns auf den Tisch legte: «Komm, wir gehen zum Père-Lachaise.» Ich wunderte mich, sie lächelte nur.

Die Nacht war jetzt so berauscht wie der Mond. Im Eckladen kaufte ich eine Flasche Zubrowka, den polnischen Wodka mit Bisongras. Wir tranken aus der Flasche. Anna nahm meine Hand und rannte los: Die Sackgasse endete an einem geschmiedeten Tor, darüber stand: «Porte de la Réunion». Sie drehte den Schlüssel im Schloss und wir gingen wortlos hinein.

Drinnen schlug uns die Feuchtigkeit des Bodens ins Gesicht. Die Dunkelheit, die mächtigen Tannenäste, die Frische der Gräber, alles war mir unheimlich. Anna lachte, sie zog die Schuhe aus und warf sie ins Gras. Vor der Mauer der Föderierten, wo die Gräber der Kommunarden angeordnet sind, öffnete sich der Sternenhimmel über der Leere. Ich betrachtete die schwarzen Formen der Bäume um uns herum. All die Kreuze, die die Nacht durchbohrten, ließen mich erschauern. Ich zog auch die Schuhe aus, das Gras war angenehm. Anna kam zu mir und küsste mich lange. Sie hatte ihr Kleid aufgeknöpft, ihre an mich gedrückten Brüste waren schwer und warm. Sie knöpfte meine Hose auf und nahm kniend meinen Schwanz in den Mund. Der Himmel schwankte. Ich hörte ein Käuzchen schreien und Flügel durch die Äste rauschen. Wir waren ins Gras gesunken und umschlangen uns mit einer Inbrunst, die der Alkohol noch verstärkte.

Anna hatte nur noch ihre Strümpfe an, die voller Erde waren. Ihre Nacktheit leuchtete in der Nacht wie ein Blitz. Sie wies mit dem Finger auf ein Grab, das aus den Büschen hervorragte, und kroch bis zu dem Stein. Ihr Hintern war im Mondlicht milchig weiß. Ich war ebenfalls nackt und folgte ihr auf allen vieren. Wir lasen laut:

WALERY WRÓBLEWSKI
1836–1908

KÄMPFER IM POLNISCHEN AUFSTAND VON 1863
GENERAL DER PARISER KOMMUNE
18. MÄRZ BIS 28. MAI 1871

Sie spritzte etwas Wodka um das Grab: «Das ist Voodoo», bemerkte sie lächelnd. Dann ließ sie Wodka über ihre Brüste rinnen und ich leckte ihn ab. Sie trank den Wodka aus der Flasche, kauerte sich auf allen vieren auf den Stein, das Gesicht ganz nah am Namen des Helden, und bat mich, es ihr dreckig zu besorgen. Ich steckte ihr einen wodkanassen Finger in den Arsch, dann drang ich in sie ein.

Zwanzig DER GRIOT

Als ich Anna die Inschriften zeigte, lächelte sie. Das Lächeln gab mir Vertrauen: Die Impasse Satan hatte ihr gefallen, sie *wusste* etwas. Dieser Name wirkte wie ein Sesam-öffne-dich auf sie. Sie sprach den ganzen Tag davon und wiederholte die beiden Losungen mit der Inbrunst eines Adepten. Dass die Gesellschaft nicht existiert und dass Frankreich Verbrechen ist, schien ihr selbstverständlich; der Ruin war ihr ebenso vertraut wie seine Leugnung.

An diesem Abend spielten sie im Radio den *Pierrot lunaire* von Schönberg, gesungen von Ingrid Caven, und ich lud Anna ein, es mit mir zu hören.

Ich hatte ihr nicht gesagt, dass ich in einem Auto lebte. Als ich ihr in der Rue de la Chine die Tür aufhielt, amüsierte sie sich. Ich machte das Radio an, das kleine blaue Licht aus dem Handschuhfach wachte über uns. Sie lächelte, als sie die Zeichnung von Godot am Rückspiegel hängen sah. Sie fand, mein «Totem», wie sie es nannte, habe die Anmut eines Dämons.

Während der ersten Noten des *Pierrot* wurde es

dunkel. Wir sprachen nicht mehr. Ich ahnte Anna im Schatten, ihr Atem ging schnell und hob ihre Brust. Nur das Knistern der Zigarette, die die Lippen berührte, verriet ihre Anwesenheit.

Die Musik wiegte das Auto, als hätten wir einen Walfänger bestiegen. Die Stimme von Ingrid Caven durchdringt die Leichtigkeiten des Gesangs, sie destilliert sich in Tropfen, die vertikal sind – geradezu japanisch. Sie bricht das Schnurren des Überschwangs. Es gibt keine Höhen oder Tiefen mehr, weder Langsamkeit noch Tempo, nur die Modulation eines bissigen Kindes, das die Finsternis voller Humor explodieren lässt.

Anna hatte ihren Kopf auf meine Beine gelegt. Dieser Moment dauert noch an; im Gedanken an ihre Sanftheit schreibe ich diesen Bericht. Als sie am Ende des *Pierrot lunaire* den Kopf hob, schlugen kleine Regentropfen auf die Windschutzscheibe und brachten den lauen Duft von Rinde und Erde.

Sie fragte mich, ob sie sich Godot borgen dürfe. Sie hätte eine Idee, sie würde ihn mir in ein paar Tagen wiedergeben. Ich löste die Figur vom Spiegel und schob sie in ihre Hand. Wir küssten uns. Ich lud sie ein, zwischen den beiden Sitzen hindurchzuklettern, um auf die Rückbank zu gelangen, wo rings um mein Bett ein Durcheinander von Lampen, Heften, Büchern und die Tapete von Bildern, die ich an die Scheiben geklebt hatte, im bläulichen Licht den Raum ausmachten, den ich bewohnte: Das sei, sagte sie, die Hütte von Robinson Crusoe.

Ein paar Tage später klopfte sie ans Fenster. Ich saß am Steuer und döste. Es war ein drückender Spätnachmittag, schwer von Gewittern, die nicht ausbrachen. Sie schlug mir vor, einen Freund zu besuchen, der oben am Belleville-Park in der Rue des Couronnes wohnte. Sie war an diesem Tag von anmutiger Leichtigkeit und tanzte durch die Straßen. Wir durchquerten Père-Lachaise, dann stürzten wir uns in das Gassengewirr, das entlang des Boulevard de Ménilmontant bis zur Metrostation Couronnes führt. Ich habe es schon gesagt: Neben Anna zu laufen war eine Freude.

An der Ecke Rue des Couronnes und Rue du Transvaal bedeckten riesige Efeublätter eine rote Backsteinfassade. Das ist das Splendide-Hôtel. An einem Holzspalier blühte vor einem Fenster eine Glyzinie, in die ich mein Gesicht steckte. Anna schlug mir unvermittelt vor, in diesem Hotel mit ihr zu schlafen.

Als wir herauskamen, war es dunkel. Kleine Lichter feierten ein lautloses Fest in den Bäumen, weiter unten öffnete sich die Stadt wie ein erleuchteter See. Wir gingen weiter nach Belleville hinauf; vor der Nummer 73 blieb sie stehen und wies mit einem strahlenden Lächeln, als hätte sie eine Überraschung für mich vorbereitet, auf den Kopf des Gott-Fisches – Godot! – neben folgenden, in roten Lettern geschriebenen Worten:

IDENTITÄT = FLUCH

Wir gingen in den riesigen Innenhof der Nummer 75. Junge Schwarze redeten und tranken Bier, alle grüßten Anna, die mich die Treppe hinauf bis zu einer Wohnung führte, deren Tür offen stand und aus der Klänge einer Kora drangen.

Ein langer Flur führte durch eine Zimmerflucht. Alles war dunkel und schroff, als wäre die Wohnung in Fels gehauen, als existierten ihre rissigen Wände nur, um ein Ritual zu beherbergen. Überall auf dem Fußboden stapelten sich Bücher neben riesigen, krakenartigen Pflanzen. Masken bedeckten die Wände. Junge Schwarze kamen und gingen und grüßten Anna, die alle zu kennen schienen. In einem Winkel glaubte ich im Licht einer Kerze Issa und Kouré zu erkennen, die mir zulächelten.

Was machten wir hier? War das ein Fest? Ich hatte das Gefühl, dass wir im Innern eines Labyrinths im Kreis liefen. Die Holzmasken wurden immer zahlreicher, je tiefer wir in die Mäander der Wohnung eindrangen. Die meisten waren mit schwarzen und weißen Streifen angemalt, mit Büscheln roter Fasern gekrönt und auf einer Stange oder übereinanderliegenden Kreuzen angebracht. Das Halbdunkel verlieh ihren scharfen Formen etwas Furchteinflößendes. Die rautenförmigen Münder, dreieckigen Augen und zum Himmel ragenden Hörner schienen einen Feind herauszufordern. Ihre Grimassen sprachen zu mir vom Tod. Ich fühlte mich unbehaglich, als bewegte ich mich durch einen bösen Traum.

Anna reichte mir ein Glas Rum. Die Musik war intensiver geworden, und die Körper der jungen Leute vibrierten im Rhythmus der Kora. Der Rum brannte in meiner Kehle. Die roten und schwarzen Formen der Masken bedrückten mich. Ich spürte Panik in mir aufsteigen.

Anna ging zu einem großgewachsenen Mann, um den sich die jungen Leute drängten. Sie reichte ihm einen Zettel: Es war die Zeichnung von Godot. Sie wies mit dem Finger auf mich, und während sie mit dem Mann sprach, starrte er mich unablässig an. Anna verschwand, der Mann kam zu mir und reichte mir die Hand. Alle hier nannten ihn den Griot. Er hatte ein ausgemergeltes Gesicht, sehr kurze graue Haare, außerordentlich lebhafte Augen und die natürliche Eleganz des Kriegers. Er gab mir den Zettel zurück, den ich Anna anvertraut hatte.

«Sie nennen ihn also Godot», sagte er lächelnd. «Das nenne ich Intuition: Wissen Sie, dass es ein Gott ist?»

«Nein, ich suche ihn seit Monaten.»

«Das ist der bleiche Fuchs.»

Ich starrte verständnislos auf den Fischkopf.

«Der Fisch ist eine der Masken des bleichen Fuchses», erklärte er. «Eine seiner Metamorphosen. Er war auch schon eine Schlange, eine Schildkröte und eine Spinne.»

Ich dachte an die Wände des *Zorba* und den kleinen Fuchs, den Myriam gemalt hatte: Sie hatte mir von den Dogon und von dem anarchistischen Tier erzählt, das sich gegen die Schöpfung aufgelehnt hatte. In gewisser Weise war mir alles von Anfang an offenbart worden, und ich hatte mich in einem Kreis von der Wahrheit entfernt, der sich heute Abend wieder schloss.

Ich fragte den Griot nach dem Sinn der Inschrift, die ich auf der Straße vor dem Haus entdeckt hatte.

«Hier hat niemand Papiere», sagte er. «Die einen haben nie welche gehabt, weil Frankreich ihnen keine geben will. Die anderen, diejenigen unter uns, die welche hatten, haben sie vernichtet, damit das Fehlen von Papieren kein Manko, sondern eine Stärke ist. Für die Gesellschaft ist es nötig, dass wir eine Identität haben, damit sie uns kontrollieren kann. Wir müssen diese Logik durchbrechen.»

Der Griot erzählte mir vom bleichen Fuchs. Das war ein Gott, der nicht freundlich zu den Menschen war. Er lebte im Herzen der Zerstörung, das verlieh ihm ein Wissen über jene, die heute unsere Welt verwüsten. Seine Grausamkeit ist eine Kunst, sie macht ihn von vornherein zu einem Rebellen. In der Kosmogonie der Dogon aus Mali schafft er die Unordnung, indem er sich von seiner Plazenta losreißt und den Demiurgen – seinen Vater – angreift, dessen Ordnung er in Frage stellt. So erhält er Zugang zur anderen Seite der Dinge und kennt die Welt der Toten. Um ihn dafür zu bestrafen, die Zugehörigkeit gebrochen zu haben, beraubt man ihn der Sprache. Fernab der Gesellschaft, in eine Einsamkeit getrieben, die jede Zustimmung widerlegt, schreibt er mit seinen Pfoten die Zukunft:

Jede Nacht läuft er über die Orakelfelder, die die Priester der Dogon in den Sand gezeichnet haben.

Dieses Geschöpf, das seit einigen Monaten in Paris den Bruch verkündete, stellte also eine ganz eigene Welt dar; eine Welt, die sich durch den Aufstand fähig erweisen würde, unsere Welt auf den Kopf zu stellen.

Ich spürte ihr Kommen. Hatte sich der bleiche Fuchs nicht hier, in Paris, niedergelassen? Ich sah zu den Masken rings um uns herum: Jede einzelne war eine Kriegserklärung. Die Geister, die sie verkörpern, und alle Personen, die diese Masken tragen, sagen den Bewohnern der kleinen, faden Welt, in der wir vegetieren, dass es lächerlich ist, sich für lebendig zu halten, wenn man nicht voller Abscheu bekämpft hat, was unterdrückt –, wenn man nicht auf den Kopf gestellt hat, was uns tötet.

Der Griot legte ein Buch über den bleichen Fuchs auf einen Holztisch, das sich beim Öffnen in alle Richtungen auseinanderfaltete. Vielfarbige Diagramme erklärten die geheimnisvolle Odyssee des abtrünnigen Gottes wie ein Gebirge von Zeichen, die interpretiert werden wollten. Das Buch, das sich vor mir ausbreitete, demonstrierte durch seine Form das märchenhafte Überquellen, von dem es sprach, und es war, als hätte der bleiche Fuchs dieses Werk selbst mit seinen Pfoten verfasst und dem Buch den ihm eigenen gewundenen, rätselhaften Charakter verliehen.

«Haben Sie bemerkt, dass wir uns hier in Belleville auf einem Felsen befinden?», fragte der Griot. «Wir klammern uns an den Hang, wie sich die Dogon an den roten Stein ihrer Berge klammern.»

Er ließ mich mit dem Buch allein. Ich blätterte hektisch, wie in Ekstase, darin; es kam mir vor, als hätte ich mich immer schon zwischen diesen Sätzen bewegt, als entscheide sich hier mein Schicksal. Ich wurde in eine tausendjährige Geschichte gezogen, die auch die jüngste aller Geschichten war, die Geschichte einer Zukunft, die mir lebenswert erschien, wo Politik wieder einen Sinn hatte. Der alte abendländische Traum von der Revolution war verschimmelt, wenn etwas stattfinden würde – wenn ein Traum möglich war –, würde es, so ahnte ich, vom Fuchs ausgehen.

Wie lange war ich in dem Zimmer geblieben? Als ich herauskam, war ich beruhigt. Die Masken machten mir keine Angst mehr. Ich hatte verstanden, dass durch jede von ihnen eine Linie führt, über die die Lebenden und die Toten miteinander kommunizieren. Dank dieser Linie bildeten sie an den Wänden eine heilige Schrift und zugleich eine revolutionäre Botschaft.

Junge Leute schliefen auf Sofas, Sesseln und auf dem Fußboden auf Kissen. Es wurde allmählich hell. Ich durchquerte die Wohnung, aus einem Raum kam ein Licht. Der Griot saß an seinem Tisch und schrieb. Ich ging zu ihm und hielt ihm meinen Personalausweis hin. Wir sahen uns schweigend an. Mit einer Schere zerschnitt er ihn in kleine Stücke, die er in einen Aschenbecher warf und anzündete. Die Flammen waren rot und schwarz wie die Masken. Wir lächelten.

Die Welt ist noch nicht ganz unterworfen. Wir sind noch nicht besiegt. Es bleibt ein Intervall, und in diesem Intervall ist alles möglich.

Wir wiederholen diese drei Sätze, sie entzünden sich wie Funken in der Nacht: *Die Welt ist noch nicht ganz unterworfen. Wir sind noch nicht besiegt. Es bleibt ein Intervall, und in diesem Intervall ist alles möglich.*

Das stimmt, alles ist möglich: Ein paar Stunden haben ausgereicht, um Paris zum Schauplatz einer wilden Revolte zu machen, wo die Flammen nicht mehr nur die Autos entzünden, sondern auch die Köpfe der Passanten, die sich uns anschließen.

Das Tempo hat euch bestimmt überrascht, aber es war klar, dass eine Welt, die ständig mit dem Feuer spielt, am Ende darin untergeht. Es kann jederzeit auf diejenigen überspringen, die sich einbilden, das Land zu regieren. Ihr habt es doch im Unrecht versinken lassen! Habt jeden einzelnen Bürger zum Komplizen eures Niedergangs gemacht!

Irgendwann kommt der Moment, wo es keiner

mehr aushält, in einer Gesellschaft zu leben, die ihn kleinmacht; und was dann losbricht, ist kein gewöhnlicher Zorn und keine beliebige Forderung mehr – es ist eine Ablehnung, die euren Horizont übersteigt, weil sie voraussetzt, dass ihr nicht mehr existiert.

Wenn dieser Moment kommt, wirft er ein neues Licht auf die Grenze zwischen lebbar und unlebbar; er verwandelt die Grenze nicht, sondern fegt selbst den Gedanken daran hinweg, denn es genügt schon, dass das Dasein für einige unlebbar wird, um für niemanden mehr lebbar zu sein. Sagt uns nicht, so ein Satz sei euch zu abstrakt. Sicher müsste man ihn euch tausendmal wiederholen, bis ihr davon überzeugt seid: *Es genügt schon, dass das Dasein für einige unlebbar wird, um für niemanden mehr lebbar zu sein.* Aber die Wiederholung würde nichts helfen. Es ist zu spät. Ob ihr wollt oder nicht, dieser Moment ist gekommen – er ist jetzt da.

Das Feuer schwelte seit einigen Wochen, ein paar Journalisten hatten es bemerkt, die Polizei war nervös, man versuchte, die Zeichen zu entschlüsseln, die wir unaufhörlich aussandten. Dieses Feuer ist immer größer geworden, und heute fegt es durch die Straßen, es sieht fast so aus, als habe es die Seine erfasst, die im roten Fackellicht funkelt, als hätte sie sich in einen glühenden Teppich verwandelt.

Wir mussten nicht viel tun, um die Glut zu entfachen. Nichts ist leichter, als eine Welt den Flammen auszuliefern, die sich schon so lange selbst in ihrem

Chaos verzehrt. Die Welt, die ihr geschaffen habt, verliert in jedem Augenblick ihr Gleichgewicht, weil in dieser Welt *alles gleich viel gilt*. Jede Sache ist so viel wert wie ihr Gegenteil, mit anderen Worten, gar nichts hat mehr Wert. Das ist die schreckliche Stärke eurer Welt, aber es ist auch ihre Schwäche. Glaubt nicht, wenn wir das Wort ergreifen, würden wir versuchen, euch zu überzeugen oder auch nur jene unter euch zu verführen, die Umsturzgelüste verspüren: Ihr habt jede Hoffnung fahrenlassen, deshalb lebt ihr in der Hölle.

Eure Welt hält sich für «global», weil sie angeblich Grenzen geöffnet und das freie Reisen von Personen erleichtert hat. Tatsächlich opfert sie alles, was sich nicht mit ihren Interessen vereinbaren lässt. Wir sind der lebende Beweis, dass diese Welt eine Lüge ist. Wir sind das Geopferte; wir sind der *Rest*.

Man behandelt uns wie Sklaven, man ächtet und eliminiert uns. Ihr könnt uns zwingen, euer Territorium zu verlassen, ihr könnt uns hinter eure Grenzen jagen, aber wir kommen wieder und verfolgen euch in euren Träumen, wie euch die Massaker verfolgen, die ihr in euren früheren Kolonien begangen habt: in Algerien, in Sétif und Guelma im Sommer 1945; im Senegal, wo ihr 1944 die Senegalschützen umgebracht habt; in Kamerun, der Elfenbeinküste, in Madagaskar – Verbrechen, Folter, Gemetzel.

Ob ihr es wollt oder nicht: *Ein Gespenst geht um in Frankreich, das Gespenst Afrikas.*

Wenn ihr vorhabt, das Gedächtnis zu verlieren oder

euch mit schaler Reue zu begnügen, werden wir euch das Ausmaß eurer Untaten in Erinnerung rufen und deren Abscheulichkeit bis ins Kleinste darlegen.

Die Kontinuität der Qualen nennt ihr offenbar Geschichte. Wir haben wohl verstanden, dass ihr Afrika aus einer so kostbaren Konstruktion ausschließt. In gewissem Sinn habt ihr recht: Afrika hat nichts mit euch zu tun.

Wir sprechen nicht von eurem guten oder eurem schlechten Gewissen – das ist dasselbe. Wir sprechen von dem Verbrechen, das hartnäckig durch eure Republik zieht, und von der Gewalt, die unermüdlich wiederholt, was ihr Ursprung war; wir sprechen von eurem dreckigen Vergnügen.

In einem Land, das sich rühmt, über den Geist zu herrschen, obwohl es nichts mehr zu vermitteln hat, wundert man sich über gar nichts mehr. Ihr nennt jeden brutal, der euch Widerstand leistet, aber ihr vergesst nur allzu gern, dass die mit den Attributen der Eroberung geschmückte Brutalität euch und das in der Ausbeutung Afrikas vereinte Europa zu perfekten Meisterkillern gemacht hat: «Schlagt diese Bestien alle tot!» ist der Schlachtruf der Kolonialisten, wenn sie ein Dorf im Kongo verwüsten, wenn sie den aufsässigen Negern die Kehle durchschneiden, ihre Frauen vergewaltigen und die Neugeborenen mit ihren Büffellederstiefeln tottrampeln. Unsere Erinnerung ist sehr genau. Es ist ganz einfach: Wir verlangen Rechenschaft für jedes Opfer der Geschichte.

Weil unsere Aktionen eure Grenzen überschreiten und unser Überleben euren Interessen widerspricht, stellt ihr uns außerhalb eures Rechts. Aber wenn das Gesetz nicht gerecht ist, muss die Gerechtigkeit das Gesetz ignorieren. Für euch ist es undenkbar, dass die Papierlosen ihre Energien vereinen. In eurem Weltbild sind sie Opfer, und es ist nützlich, dass sie es bleiben. Aber wir sind nicht *nur* Papierlose.

Weil ihr in den Zwanziguhrnachrichten eine Reportage über ihre heiklen Lebensbedingungen gesehen habt, glaubt ihr, dass ihr alles über Flüchtlinge wisst. Ihr habt verstanden, dass sie arbeiten, und diese Besonderheit, die sie von der Masse der Gestrandeten unterscheidet, macht sie euch sympathisch. Die Nachsichtigsten unter euch finden es sogar skandalös, Arbeitskräfte für so geringen Lohn zu beschäftigen, ohne ihnen als Gegenleistung für ihre Arbeit irgendwelche Rechte zuzuerkennen. Aber grundsätzlich habt ihr es satt, ständig vom Schicksal der Papierlosen zu hören, ihr findet, man übertreibt, schließlich ist das Leben ja für alle hart, und das Elend trifft nicht nur Ausländer ohne ordentliche Dokumente. Wenn ihr «rechts» seid, fügt ihr noch hinzu, sie sollen doch nach Hause gehen; wenn ihr «links» seid, denkt ihr ungefähr das Gleiche, traut euch aber nicht, es zu sagen.

Es stimmt, einige von uns arbeiten, aber die anderen «machen nichts», wie ihr sagt. Sie studieren, was schon reicht, damit ihr sie schändlich findet. Ist Untätigkeit eine Bedrohung für die Gesellschaft? Ihr habt vielleicht recht, wenn ihr das annehmt. Jemand, der seine Zeit damit verbringt, außerhalb der Nützlichkeit zu leben, muss in gewisser Weise im Streik stehen, und der Streik, das ist wohlbekannt, steckt an, was sich ihm nähert, absorbiert, was ihn einschüchtern will, zerstört den guten Willen.

Was steckt eigentlich hinter unserer Untätigkeit? Gleichgültigkeit, Faulheit, Gammelei? Bitterkeit, Verzweiflung? Herausforderung, Wut? Stecken womöglich dunkle Geschäfte dahinter, verdächtige Vorbereitungen, obskures Training für einen Aufstand? Sicher ein bisschen von alldem, aber es kommt noch schlimmer: Das Geheimnis schützt uns. Die Kontemplation in der Wüste, wo jeder von uns den Sand Korn für Korn neu ordnet, erschafft einen winzigen Obstgarten. An diesem Stückchen Land, dieser Insel, auf der wir zugleich König und Seeräuber, die ewigen Piraten sind, kann man sich ewig ergötzen. Doch das Ergötzen beschränkt sich nicht auf sich selbst. Es ist dazu bestimmt, an die Stelle Frankreichs zu treten.

Ob ihr es wollt oder nicht, die Untätigkeit ist der Horizont eurer Welt. Aber nur weil euch diese Form des Daseins irritiert, ist sie deshalb noch lange nicht unausweichlich. Eure profitbesessene Welt klassifiziert jeden von uns nach dem, was er einbringt. Und was macht ihr mit denen, die nichts einbringen? Wenn sich die Untätigen rasch vermehren, ist das euer Werk. Niemand kann genau erkennen, ob sie sich aus freien Stücken auf der Straße herumtreiben oder von euch aussortiert wurden. Diese Zweideutigkeit macht sie beinahe ungreifbar. Sie sind eure Fratze, sie halten euch den Spiegel vor wie eine unerträgliche Strafe.

Wir haben Paris angezündet, damit euch die Augen aufgehen. Offenbar braucht ihr Licht, der Himmel über euren Köpfen ist so grau, die Wolken sind so dunkel; in den Cafés, beim Büroschwätzchen oder in eurem Wohnzimmer beklagt ihr euch angesichts des Wetterberichtes endlos über das Grau, den düsteren Himmel, den Ascheschleier, der euch erstickt. Um euch aufzuwecken, stecken wir eure Autos an und füttern das Freudenfeuer mit euren Mülltonnen: Mülltonnen und Autos, eigentlich lässt sich eure Welt in diesen beiden Worten zusammenfassen. Mülltonnen und Autos, das ist euer großes Werk, eure «Zivilisation».

Hört uns gut zu: Jedes verbrannte Auto lindert unser Verlassensein. Ihr denkt, dass wir es auf euren Reichtum abgesehen haben und die Symbole der Konsumgesellschaft angreifen. Vor euren Augen brennen eure Autos, ihr sprecht von Plünderung, die Opfer aber sind wir, das, was vor euren Häusern aufflammt, ist unsere Einsamkeit. Diese Einsamkeit entlockt euch keine Regung, sie passt nicht zu eurer Berechnung. Seid ihr überhaupt fähig, euch zu schämen? Jedes Mal, wenn in den Banlieues von Paris ein Auto brennt, beschwört ihr unsere Wildheit, ihr stellt euch vor, dass es uns Spaß macht, eure Geländewagen anzuzünden, manche sind sogar so schlau, darin einen Wettbewerb zwischen den Städten zu sehen. Begreift endlich, dass durch die Glut eine Stimme zu euch spricht! MAN SPRICHT MIT EUCH. Wenn ihr diese Stimme nicht hört, dann nur, weil ihr sie nicht hören wollt.

Irgendwann mussten wir einfach die Grenzen von Paris überwinden und die ganze Stadt mit unseren Flammen rot färben, damit ihr diesen Vandalismus endlich ernst nehmt. Die Situation erscheint euch «besorgniserregend». Meint ihr mit diesem schönen Adjektiv das Schicksal, das eure armen Autos ereilt, oder jenes, das ihr uns seit so vielen Jahren bestimmt habt? Was erfüllt euch plötzlich mit solcher Sorge? Dass es Menschen in diesem Land gibt, die wie Hunde behandelt werden und es nicht äußern können, oder dass eure Versicherung das Mercedes Coupé nicht ersetzt, den wir infamerweise abgefackelt haben?

Außerdem wisst ihr, dass wir eure Scheiße einsammeln. Viele von uns haben keinen besseren Job gefunden, als eure Mülltonnen zu leeren. Man muss anerkennen, dass ihr für diese schöne Tätigkeit ausnahmsweise den Immigranten den Vorrang einräumt. Sicher seid ihr stolz darauf, uns bei diesem Dienst eine besondere Kompetenz zuzuerkennen. Wer sonst wäre bereit, jeden Morgen euren Müll zu entsorgen? Es ist bemerkenswert, dass ihr hinsichtlich der Legalität in diesem Fall so großzügig seid: Ihr wisst genau, dass wir keine oder gefälschte Papiere haben. Vor diesem Detail verschließt ihr lieber die Augen. Für euch sehen sowieso alle Schwarzen gleich aus und haben fast den gleichen Namen, oder? Wer sonst wäre bereit, sich mit euren Fäkalien abzugeben?

Eins müsst ihr wissen: Hinter der Demut steckt immer ein böser Geist. Sie ist mit dem Aufruhr verwandt, der seine Kraft aus den erlittenen Kränkungen gewinnt. Die Müllwagen in den Straßen von Paris führen eine geduldige Auflehnung mit sich. Der Sinn der Revolution besteht immer darin, die Sklaverei abzuschütteln. Glaubt bloß nicht, diese *Beschäftigung*, die ihr uns zugesteht, sei nur Ausbeutung. Beim Sortieren eurer Scheiße haben wir euch besser kennengelernt. Eure Mülltonnen geben uns Auskunft über eure Intimität, über den Verfall eurer Innereien und eure Süchte.

Es entlarvt euch, dass ihr Menschen braucht, die arm genug sind, um diese Arbeit anzunehmen. Indem ihr uns eure Reste überlasst, identifiziert ihr uns mit dem Abfall. Wir sind das Überflüssige, das, was man wegwirft. Das erinnert uns an das Wort aus der Schrift: «Wir sind geworden wie der Abschaum der Welt, jedermanns Kehricht, bis heute.» Und eben daraus entsteht, was niemand will: die Gefahr.

Seht nur, verehrte Damen und Herren, wie die Flammen die Straßen erobern und ihre orangen, roten, gelben Blüten gen Himmel schleudern. Da blinkt sogar etwas Blau und zartes Grün in den Leuchtfäden, wenn sich ein neuer Brandherd entzündet. Man könnte meinen, über Paris funkle das herrliche Rad eines Pfaus. Der Glanz, den das gewundene Relief von Notre-Dame plötzlich erhält, der Glanz der strahlenden Dachlinien, Kuppeln und Satellitenantennen, verstärkt von der unpassenden Erektion eurer Hochhäuser und Obelisken, dieser Glanz ist erschreckend, er enthüllt den Albtraum eurer Architektur. Um euch dagegen zu wappnen, glaubt ihr, in den plötzlich illuminierten Wasserspeiern der Kathedrale unsere Schurkengesichter zu erkennen. Denn ihr fürchtet um eure Sicherheit, ihr wartet darauf, dass alles wieder in Ordnung kommt. Für euch besteht kein Zweifel daran, dass unsere Wut abkühlt, dass die Polizei den Brand löscht, dass alle Demonstranten verhaftet werden. Aber nichts wird in Ordnung kommen, man wird uns nicht verhaften, wir sind nicht das, was man gemeinhin «Demonstranten» nennt. Und keine Sorge: Wir werden die von euch erlernte Höflichkeit aufbringen, jede Kommunikation unmöglich zu machen.

Für euch war unsere Existenz nie ein Problem. Wenn ihr das Gegenteil behauptet, lügt ihr. Ihr habt lange erfolgreich so getan, als existierten wir nicht, sodass unsere Inexistenz von Jahr zu Jahr an Raum gewonnen hat. Heute Nacht aber erntet ihr die Früchte dieses Nichts, das ihr in uns seht.

Es stimmt, um zu euch zu sprechen, haben wir keinen anderen Weg gefunden, als eure Autos anzuzünden. Ihr seid unmöglich zu erreichen, ihr hört nicht auf Worte. Jetzt aber sind wir unerreichbar. Tut ruhig weiter so, als existierten wir nicht, kümmert euch bloß nicht um Politik, ihr würdet womöglich Prügel riskieren. Dabei habt ihr im Leben alles geschafft und euren sogenannten Tagesablauf organisiert, damit genau das nie passiert, damit euch gar nichts passiert, vor allem keine Prügel – ihr teilt lieber selber aus.

Wir reden hier nicht nur von Ungerechtigkeit, sondern von einer Welt, die zusammenbricht: von eurer Welt. Eure Kameras filmen uns an jeder Straßenecke, an jedem Hauseingang, in den Parkhäusern, im kleinsten Eckladen. Sie versuchen unermüdlich alles aufzunehmen, die Leere, die Abwesenheit und vielleicht den Tod festzuhalten, und was sehen sie? Nichts. Oder vielmehr doch, sie sehen Ziegen, Böcke, Antilopen, Hyänen, Hasen, Geparden, Affen, Schakale, Alligatoren, Salamander, Figuren aus dem Busch mit bedrohlicher Miene, rot und schwarz wie die Anarchie, umkränzt von langen Fransen, die sie schütteln wie Halskrausen aus Blut.

Ja, wir tragen Masken: Sie verhüllen unsere Abwesenheit. Mit ihnen sind wir nicht wirklich da, und wenn ihr einen maskierten Kopf schlagt, wenn ihr anfangt, auf ihn einzuprügeln, findet ihr darunter vielleicht nur einen Luftzug, Pulver, Palmenspäne. Der Träger einer Maske existiert nur noch durch sie. Ihr müsstet das harte Holz verbrennen, um uns endlich zu finden, aber daran habt ihr nicht gedacht. Und wie sollte man auch eine Rinde verhören? Ihr bleibt stur dabei, uns *hinter* unseren Masken zu suchen, deshalb werdet ihr nie etwas finden. Wir haben jahrhundertelang geübt, unser Nichts zu erkennen: Genau das habt ihr uns doch gelehrt, oder? Aber dieses Nichts hat uns nicht geschwächt, im Gegenteil, wir haben es so weit verinnerlicht, dass wir unauffindbar geworden sind. Der Glanz des Morgentaus auf eurem mickrigen Rasen, das sind wir. Der Hauch auf den Scheiben, wenn eure Kinder aus Spaß ihre Münder dagegenpressen, das sind wir. Das Lächeln über den Staub, der in einem Lichtstrahl schwebt, gilt uns.

In der Welt der Masken kann sich ein Schneefeld mit Turteltauben füllen, die vom Sieg singen. Schnell spritzt das Blut aus einem allzu lebhaften Wort, das eine Gewissheit spaltet. Stacheldraht, Knüppel, Handschellen, Tränengas zirkulieren auf einer Seite wie durchgestrichene Wörter – sie sind zu viel, aber unmöglich zu löschen. In gewissem Sinn verleihen gerade sie unserer Aktion die nötige Intensität für den Kampf.

Die Masken, die wir tragen, gehören den Dogon aus Mali. Sie verwenden sie bei Zeremonien, in denen sich für sie die Entstehung des Universums wiederholt. Ein Dogon wird nur geboren; weder wächst noch altert er: In jedem Augenblick existiert er ebenbürtig und vollständig mit seiner Welt, mit allen Fähigkeiten ausgestattet, die seine Götter ihm verleihen. Die Zeit wird für ihn durch die Gunst oder die Feindschaft der in seinem Körper lebenden Geister wie in einem Ritual bestimmt. Er lebt zwischen den feuchten Felsspalten eines von Dämonen bewohnten Steilhangs. Er hört auf seine Dämonen, fordert sie heraus, betet sie an.

Er empfindet seine Existenz als spirituelle Jagd. Seine Wachsamkeit ist permanent, sein Aufstand absolut.

Wir tragen diese Masken nicht, um uns zu verstecken, sondern um unsere Trennung zu ritualisieren. Zwischen eurer Welt und uns gibt es nichts Gemeinsames. Und weil wir immer noch versuchen, die Spuren zu verwischen, wenn wir uns heute Nacht an euch wenden und euch unsere Existenz offenbaren, sollt ihr wissen, dass wir nicht alle aus Mali kommen, erst recht nicht von jenem Steilhang, wo die Dogon ihre Götter angesiedelt haben. Im Übrigen, aber das werdet ihr noch begreifen, stammen wir auch nicht alle aus Afrika. Vielleicht sind wir nicht einmal alle schwarz.

Unwichtig! Wir haben *beschlossen*, Schwarze, Afrikaner und Dogon zu sein. In unseren Augen gibt es nichts Edleres. Wir, die wir im Zentrum der westlichen Welt – in einem in sich zusammengefallenen Universum – leben, empfinden es als Ehre, Schwarze, Afrikaner und Dogon zu sein.

Wer wir sind? Das ist die einzige Frage, die euch interessiert. Ihr werdet uns doch wohl nicht nach unseren Papieren fragen – vergesst nicht: Genau die verweigert ihr uns. Eurer Meinung nach ist unser Status hier nicht *regulär*, was euch nicht daran hindert, uns auszunutzen.

Wer wir sind? Vor allem das, was ihr Fremde nennt. Das ist es, wir sind *fremd*. Hört ihr uns deshalb nicht? Vergesst nicht: «Du sollst den Fremdling lieben wie dich selbst, denn auch ihr seid Fremdlinge gewesen.»

Gedächtnisprobleme? Eure Taubheit braucht kein Alibi. Sie ist seit langem eure beste Waffe, eisiger als eure Überwachungskameras, unerbittlicher als eure Akten, effizienter als eure Polizei. Freiheit, Gleichheit, Brüderlichkeit? Dass wir nicht lachen! Unsere Aktionen haben nur das Ziel, hörbar zu machen, wie falsch diese drei Worte bei euch klingen, wie verlogen sie sind. Taubheit, Taubheit, Taubheit: Das ist eure Devise.

*

Alles begann heute früh, als wir die Masken hervorholten. Es war vor Tagesanbruch, und wie es die Trauer verlangt, sprachen wir kein Wort. Wir wollten uns im Verlauf unseres Marsches sammeln. Er begann an der Metrostation Télégraphe im 20. Arrondissement und führte hinab zum ersten Treffpunkt, der Station Couronnes.

Viele von uns waren schon oben auf dem Hügel, neben den Wasserspeichern von Belleville, denn sie wussten, dass wir unsere beiden von der Polizei ermordeten Kameraden tragen würden. Sie wollten zu den *Trauerführern* gehören, zu denen, die die Feigenholzbahre tragen und mit ihren Klagen das geheime Leben der Toten erzählen.

Die Klagen, deren Ursprung jeder in sich selbst finden muss, stillen den Durst dessen, der *über den Steil-*

hang gesprungen ist. Unsere Klagen müssen strömen, um den Durst eines Dogon zu löschen, dessen Tod vor kurzem eingetreten ist, damit seine Knochen weiter in dem Fluss schwimmen, den unser Gesang ihm erschafft, seine Seele sich in Funken verwandelt und zur Geschichte der Zeichen unseres Volkes gesellt. Das Wort bewässert entlang der Ebenen des Dogonlandes die Felder mit Hirse, Erdnüssen und Baumwolle. Auch die Tränen sind ein Wort, gewiss das lebendigste, weil sie unsere ausgetrockneten Leiber benetzen, als spendeten sie ihnen Fruchtbarkeit.

Als wir heute früh die Rue des Couronnes hinuntergingen, die ebenso steil ist wie die Straße hinauf zu dem malischen Dorf Ogol-du-Bas, und auf den Bahren die Körper unserer Kameraden Issa und Kouré trugen, weinten wir. Tränen sind nicht allein ein Zeichen der Gefühle; sie sind eine Botschaft an die Welt der Toten. Ihr Fluss bahnt den Weg für die Reise des Verstorbenen. Die Beisetzung wird nach dem Ritual der Dogon von Tänzen und einem Gesang begleitet, durch den wir nicht nur den einen würdigen, der gerade gestorben ist, sondern *alle Toten*. Wenn ein Dogon stirbt, wird er eins mit allen, die ihm im Dasein vorangegangen sind. Es ist eine umgekehrte oder eher eine zweite Geburt.

Damit der Tote den Eingang zu seinem Tod findet, muss man seinen Körper an den Ort tragen, wo der Steilhang für ihn abgestürzt ist. Issa und Kouré sind, von der Polizei gejagt, in der Seine ertrunken. Also lenkten wir unsere Schritte ins Zentrum von Paris, an die Mündung des Canal Saint-Martin, genau an den Ort, wo sie bei dem Versuch, der Polizei zu entkommen, den Tod fanden.

Trauern ist ein Kampf, in dem sich die Erfolge und Ängste eines Lebens wiederholen. Einige von uns haben eine Trommel in Form einer Sanduhr unter die Achsel geklemmt, die sie rhythmisch schlagen, damit sich unsere Schritte in ein Aufstampfen verwandeln. In unseren vom Tod unterwiesenen Körpern leuchten Jagdszenen auf. Sie ziehen im Gedenken an unsere Brüder vorüber, die beiden kannten wie jeder von uns den Geist der Antilope, der Hyäne und des Raubvogels, den Geist des Löwen, den unsere Vorväter mit dem Bogen jagten.

Von Belleville bis République störte niemand unseren Zug, nicht einmal die Polizeifahrzeuge, die wir trafen. In Frankreich ist es verboten, maskiert auf offener Straße zu gehen. Aber am Anfang waren wir noch nicht so viele. Die Disziplin, mit der wir auf dem Bürgersteig liefen, und der Anblick der Toten, die wir auf den Bahren trugen (tatsächlich waren es hölzerne, nach dem Bild der Toten angemalte Kleiderpuppen), haben die Polizisten, für die so eine Folklore harmlos ist, wohl beruhigt.

An der Place de la République blieb unser Zug stehen. Wir stellten die beiden Bahren auf eine freie Fläche im Schatten der Platanen, dorthin, wo im Winter die Obdachlosen ihre Zelte aufbauen.

Am Fuße des mächtigen Bronzegötzen, der eine Toga trägt und einen Olivenzweig schwenkt, stimmten einige von uns einen Gesang an:

yannyin o gammuru oiy
Dem Toten hier sein Anteil

Und weil ein Toter nie allein ist und er im Sterben alle anderen Toten zum Leben erweckt, erhebt sich der Gesang für alle:

nyima yawo y o gammuru ewi
Den Toten hier ihr Anteil

Dort, am Fuß der Statue, rühren wir uns mehrere Stunden lang nicht von der Stelle. Freunde gesellen sich zu uns und legen die Masken an, die wir ihnen geben. Ein leichter, dezenter Tanz bewegt die Körper wie eine Welle, der getragene Rhythmus wird von den Trommeln vorgegeben.

Neugierige kommen heran, eine stumme Menge versammelt sich und beobachtet unsere langsamen Bewegungen. Einigen reichen wir eine aus leichtem Holz geschnitzte Replik unserer Masken, wir verteilen auch Masken aus Pappe, die unser rot-schwarzes Universum widerspiegeln, an die Sympathisanten.

Rings um den Sockel der Statue haben wir Tore aufgestellt, riesige vertikale Holzbretter, wie Scheunentore. Sie sind in Paaren gefertigt, ein Lederscharnier hält sie zusammen: Jedes Tor hat einen weiblichen und einen männlichen Flügel. Zwischen den beiden wartet ein Schloss in Form eines weiblichen Bauches auf den Schlüssel, der es öffnet.

Auf diesen Toren sind die Vorväter mit erhobenen Armen als Relief dargestellt, sie tragen eine zylindrische Kappe, haben einen Bart und Brüste: Jeder von ihnen ist zugleich Mann und Frau. Ihr spitzer Bauch wartet darauf, dass man ihm ein Ritual widmet.

Eine gewellte Linie, die über den Rand der Pforten hinweg verläuft, erinnert an das Zickzack des Wassers, an den der Ernte wohlgesinnten Strom. Heute löst sie die Bewegung eines Wortes aus, das bereits im Innern unserer Kehlen anschwillt. Dieses Wort kauen wir wie ein Katblatt. Allmählich findet es seine Form, unser Speichel drückt es zurecht. Und während unsere Bewegungen weiter werden, unsere Arme und Beine zur einen und dann zur anderen Seite schaukeln, während das Stampfen den Boden der Place de la République erdröhnen lässt und sich auf unsere maskierten Zuschauer überträgt, dringt ein Schrei aus unseren Mündern.

Es ist der kurze Schrei des bleichen Fuchses.

Ein Taubenschwarm erscheint über unseren Köpfen, als käme er aus dem Mund des Fuchses; er lässt sich auf den Platanen nieder.

Im Verborgenen vergießen wir rings um die Statue der Republik, unter der wir sitzen, das Blut einer Ziege. Wir werden die Schwirrhölzer kreisen lassen.

Sie haben die Form einer langen Säge mit zwei
Zahnreihen, die in unseren Augen die Zähne der
Schlange und des Krokodils symbolisieren. Man sagt,
die Hölzer seien nach dem Bild der hängenden Zunge
eines Greises geformt. An ihrem Ende hängt in einem
Loch der Ring, an dem die Schnur zum Kreisen befestigt ist.

Das Blut aus der Kehle der Ziege bildet eine feine
Blutrinne um euer Nationalmonument, in der unsere
Geister schwimmen. Das Licht glänzt im Blut, unsere
darübergebeugten Masken spiegeln sich darin. Durch
diese Rinne ergießt sich unser Einfluss. Durch diesen
dünnen Bach zirkulieren bereits unsere Verwünschungen. So schwellen unsere Adern, füllen sich unsere
Lungen mit dem Fluch, und so wächst von Stunde zu
Stunde unsere Macht.

Auch die Schwirrhölzer empfangen etwas aus dem
Blut. Sie übernehmen die Heftigkeit, die die Trauer
jeder Bewegung verleiht. Gerade als wir in der staubigen Sonne dieses Pariser Vormittags alle zusammen
unsere Masken dem Gesicht der Republik zugewandt
haben, während der Autostrom unaufhörlich den
Platz umspült und eine Taube seelenruhig ihren Kot
auf die Mütze fallen lässt, die eure Statue zum Gedenken an die Französische Revolution trägt, ergreifen
die *Schwirrholzspieler* die Schnur, an deren Ende man
das Instrument rotieren lässt, sie geben ihm Schwung
wie einer Peitsche, der Riemen ist drei Meter lang, das
Schwirrholz erhebt sich und beginnt zu kreisen.

Die Rotation, in die der Spieler es versetzt, ist von einer Gewalt, die den Raum aufzulösen scheint – als drehte sich ein Geist um sich selbst. Das Tempo variiert, der Ton verändert sich entsprechend; er gleicht dem Löwengebrüll.

Im vereinten Rhythmus des Schwirrholzes, das eure Welt um seine Achse wickelt, und des Gesangs, der dumpf aus unseren Kehlen dringt, verwandelt sich die Place de la République. Wir müssen schneller werden und tiefer gehen, unter den Stoff gelangen, aus dem eure Welt besteht. Um sie durch unsere zu ersetzen, müssen wir mit Hilfe des Gebets und des Krieges das unentwirrbare Gewebe eurer Körper und Aktivitäten besiegen. Durch das Blut, den Gesang und das Kreisen der Schwirrhölzer greifen wir an einem bestimmten Punkt ein, und ihr könnt unmöglich orten, wo in jeder Sekunde eine Welt entsteht und zerfällt. Es ist euer größter Fehler zu glauben, die Technik mache das Universum, das ihr austüftelt, uneinnehmbar. Alles, was auf dem Planeten existiert, hat einen Riss, den ihr nur übertüncht. Eure Republik ist nicht unverletzbarer als ein traditionelles Bororo- oder Songhaidorf.

Seht ihr den Riss, der sich unten am Sockel bildet? Er zieht sich im Zickzack hinauf zu den Füßen der Statue und dringt durch die Löcher der Termiten, die an ihr nagen, in ihren Körper ein. Werden sie die Bronze fressen – in einem Stück verschlingen, wie eine Kobra ihre zitternde Beute? Der Widerstand eines Gottes oder einer Göttin hängt nicht von den Gerätschaften ab, die sie begleiten, auch nicht von den Waffen, deren sie sich bedienen, um zu herrschen. Ob ihr es wollt oder nicht, ob ihr es vergessen oder verdrängt habt, eure Republik ist nur eine Gottheit wie jede andere. Laizistisch vielleicht – was macht das für einen Unterschied? Die Form des Kults ist unwichtig. Was zählt, ist die Dringlichkeit, mit der man einen Gott anruft, und der Beistand, den er unserem Leben gibt.

Der Himmel bedeckt sich mit schwarzen Schatten, ein paar Sekunden lang herrscht Nacht. In diesem Intervall holen wir die Schlüssel hervor und öffnen die Tore. Das Licht kehrt zurück, die Statue ist verschwunden. An ihrer Stelle steht ein riesiger Baobab.

Die Tauben verlassen die Platanen, kommen mit einem Flügelrauschen, das den Ort in rosa Helligkeit hüllt, zu dem eben aufgetauchten Baum und bedecken seine Äste.

Seht her: Wir haben einen Baum gepflanzt anstelle eurer Königin – wir haben *die Republik verschwinden lassen*.

Ein Baobab sieht aus wie vom Blitz getroffen. Seine Äste recken sich geradewegs zum Himmel; sie haben keine Blätter. Seht nur: als streckten sich seine Wurzeln über dem Stamm empor, als wüchse er verkehrt herum. Der Baobab ist der Baum der Umkehr. Das ist unser Emblem. Mit ihm erhebt sich mitten in der Stadt der Glanz Afrikas.

Ihr kennt diesen Satz: *Semper aliquid novi Africam adferre*. Afrika bringt immer etwas Neues hervor. Das schreibt Plinius der Ältere, verehrte Damen und Herren, und Aristoteles hat es wiederholt. Bitte sehr, dieses Neue, das Afrika heute durch das Wort der bleichen Füchse hervorbringt, ist die Revolution.

Ja, ihr habt richtig gehört: die *Revolution*. Gebt zu, es ist lange her, seit euch das Wort zum letzten Mal begegnet ist. Ihr dachtet, ihr hättet eure Ruhe und würdet es nie mehr mit diesem klangvoll fließenden Wort zu tun bekommen; ihr hattet alles unternommen, damit es nicht mehr auftaucht. Und ausgerechnet die, die es trotz eurer Vorsichtsmaßnahmen unbedingt weiter aussprechen mussten, haben zu seinem Verfall beigetragen, indem sie durch ihr wiederholtes Scheitern die Verheißung zerstörten, die es enthält.

Unser Zug setzt sich in Richtung Bastille in Bewegung. Wir gehen den Boulevard du Temple entlang, wir laufen rückwärts, das Ritual für die Feinde. Da wir zu dem Ort gehen, wo die Polizei Issa und Kouré getötet hat, wenden wir ihm den Rücken zu: Wir bewegen uns durch eine umgekehrte Welt, das absolute Gegenteil von eurer, eine Welt, die nicht euren Gesetzen, sondern denen der Masken gehorcht. So gehen wir rückwärts den Boulevard entlang, geführt von zwei Kameraden, die vom Ritual ausgenommen sind und uns mit lauter Stimme Hinweise geben, wenn wir langsamer werden, ein Hindernis umgehen oder stehen bleiben sollen. Die erstaunten Passanten treten von selbst beiseite, sie überlassen uns den ganzen Bürgersteig.

Diese Art, sich zu bewegen, mag euch dämonisch

vorkommen; sie ist es auch. Sie ist es, weil wir darin das Mittel sehen, uns euren Dämonen zu entziehen, eure Logik abzulehnen, eure Macht auszutreiben, eure kartesianische Selbstgefälligkeit zu durchkreuzen. Es geht vor allem darum, die Begegnung mit euch zu vermeiden. Wie sagte ein Dichter, der Franzose war, euch aber nicht mochte: «Ich habe eurer Gesellschaft keine andere entgegenzusetzen, das ist nicht meine Angelegenheit.»

Seid ihr schon mal rückwärtsgelaufen? Wenn der Spaß der ersten Meter vorbei ist, rächt sich die Schwere. Die Bezugspunkte, über die man sich hinweggesetzt hat, kommen wie ein Bumerang zurück, der Kopf dreht sich, man verliert das Gleichgewicht – es folgt der Sturz.

Um aufrecht zu bleiben, rezitieren wir den Gesang. Das Wort des bleichen Fuchses ist melodisch, aber nicht sanft. Es bewahrt die Gewalt des Kläffens: Jede Modulation hat die Härte eines Kiefers. Dennoch ist dieses Wort geschmeidig, es wogt. Seine Stimme ist gewunden, sie zeichnet in uns einen schlangengleichen Weg. Bei jedem Schritt verlieren wir das Gleichgewicht, das der nächste Schritt wiederfindet. Was durch das Wort des bleichen Fuchses spricht – was in uns singt –, ist die Unordnung, ihr wisst es: Seit er seine Verbindung zu den Menschen durchtrennt und sich in ein Tier verwandelt hat, geht der Fuchs der Welt entgegen, aus der man ihn verjagt hat, um dort Unruhe zu stiften.

Sein Wort grollt nicht nur in unseren Kehlen und

wirbelt dumpf, wie eine Droge, die die Wahrnehmung verändert, es verdrängt auch die anderen Sprachen und dämpft ihren Einfluss. Wir haben in unseren besetzten Häusern und bei unseren Beschützern gelernt, eure Silben, eure Vorschriften, eure Weltsicht nicht mehr in uns eindringen zu lassen. Durch eine Übung, die Geduld und Verachtung erfordert, haben wir in uns den Reflex verbrannt, vor dem, der befiehlt, in die Knie zu gehen.

Wir haben eine *andere Sprache* gelernt. Sie flößt sich uns ein, während wir rückwärtslaufen. Sie hindert uns, nach hinten zu kippen. Diese Sprache spricht man mit geschlossenem Mund – als Murmeln. Sie funktioniert wie das kreisende Schwirrholz, sie lässt zwischen unseren Zähnen einen dürren, dornigen und dennoch prachtvollen Singsang vibrieren.

Diese geheime Sprache bringt unsere Beziehung zum Tod ins Spiel; sie erzeugt die Intensität der Wüste, deren Geister sich in uns regen. Zwischen Tod und Wort leuchtet ein Blitz auf. Wenn die heilige Zunge des bleichen Fuchses so in unserem Mund kreist, trägt sie uns an den Rand des Steilhangs. Hier stehen wir auf einem Grat: ein Fuß in der Welt der Lebenden, der andere in der Welt der Toten.

Der Schwindel, den diese Erfahrung hervorruft, lässt sich mit nichts vergleichen, höchstens vielleicht mit dem Wechsel des Geschlechts. Ein Mann, der sich in eine Frau verwandelt, eine Frau, die sich in einen Mann verwandelt – sie kennen einen Abgrund, in dem die seltsamste Wollust sie vom Rest der Art trennt. Diese Wollust krönt sie in gewisser Weise, denn sie verkündet eine Übertretung der Grenzen.

Unser Zug wuchs. Einige Vertreter von Vereinen, die Flüchtlinge unterstützen, schlossen sich an; sie hatten Issa und Kouré gekannt, die auf ihren Wegen am Rand der Legalität oft auf deren Kenntnis über die verschlungenen Pfade der Bürokratie zurückgreifen mussten. Andere Flüchtlinge, denen wir Masken gaben, schlossen sich an. Auch Freunde, die unsere Sache unterstützen, in der ihr nur eine Provokation seht, obwohl sie unser Überleben möglich macht.

Der Bürgersteig des Boulevards von der Place de la République zur Place de la Bastille wurde allmählich unpassierbar. Polizisten hielten uns auf. Kein Plakat, keine Sprechchöre, keine Besetzung der Straße. Wir demonstrierten nicht. Sie wollten trotzdem unsere Identität kontrollieren, aber der Anblick der Toten, die wir trugen, verwirrte sie.

Aktivisten der Hilfsorganisation *Cimade* mischten sich ein. Sie erklärten den Polizisten, das sei eine Trauerzeremonie, wir wollten nur an dem Ort, wo unsere Freunde den Tod gefunden hatten, ihrer gedenken; kein Gesetz verbietet, dass eine Gruppe durch die Straßen geht, wenn sie nur nicht demonstriert.

Die Polizisten schienen nicht überzeugt. Ihrer Meinung nach waren wir mehr als eine Gruppe, und auch wenn wir die Straße nicht versperrten, auch wenn wir nicht im engeren Sinn zu «demonstrieren» schienen, störten wir zumindest den Verkehr der Passanten. Der unklare Charakter unseres Aufzugs, unserer Masken und der Gesänge, die vorhin an der Place de la République erklungen waren, passten in keine der erlaubten Kategorien: Wenn es eine Vorführung sei, bräuchten wir eine Genehmigung, die wir nicht besaßen, wenn es ein Trauerzug sei, müssten wir uns diskreter verhalten, aber angesichts der Art, wie wir uns bewegten, deute alles darauf hin, dass Diskretion nicht unsere Stärke sei, dass wir vielmehr bemerkt, vielleicht gar gehört werden wollten.

Wir waren zu sehr in die Zeremonie vertieft, um ihnen Aufmerksamkeit zu schenken. Während wir unseren langsamen Gang in Richtung Bastille fortsetzten, schwenkte der Griot, der keine Maske trug, ein Bündel Papiere, die meisten gehörten legalen Cousins, Brüdern, Freunden. Die Polizisten prüften sie wahllos, ohne uns auch nur aufzufordern, unsere Masken abzunehmen, ermahnten uns, nicht den gesamten Bürgersteig auszufüllen, und stiegen wieder in ihr Auto. Sie begnügten sich damit, uns in einigem Abstand zu folgen, aber es war leicht zu erraten, dass sie unsere Zusammenrottung gemeldet hatten und jetzt auf den Befehl zum Eingreifen warteten.

Wir gingen weiter bis zur Bastille, dann am Canal Saint-Martin entlang bis zu der Öffnung zwischen den Gebäuden am Yachthafen von Paris-Arsenal, dessen Mauer sich krümmt und sich plötzlich zur Seine öffnet, dort, wo Issa und Kouré gesprungen sind.

Manche von uns kommen aus der Wüste – aus den vulkanischen Wüsten der Sahara, deren Namen ihre Körper mit wildem Stolz erfüllen: Air in Niger, Ennedi und Tibesti im Tschad, Hoggar im Süden Algeriens und die schönste, die kargste, die Wüste Adrar des Iforas in Mali. Wenn ihr eine Wüste in euch tragt, sucht ihr eine Transparenz, die imstande ist, ihre Dürre auszulöschen – ihr geht zum Wasser. Die Welt wird niemals ganz vertraut sein, immer wird ein kalter Wind wehen, für die Reichsten ebenso wie für die Gekränkten, und dieser Wind zwingt zum Kampf. Es gibt keine Atempause, kein Haus, keinen Ursprung; es gibt nur den Kampf – also das Wort.

So haben sich Issa und Kouré, wie es jeden Tag Millionen Nomaden tun, auf ihrer Flucht einer Quelle zugewandt. Das war die Seine. Aber sie konnten nicht schwimmen. In jener Nacht verfolgten die Polizisten – erst hieß es drei, dann fünf – sie seit Stunden. Nach unseren Informationen hatten sie auch einen Hund. Außer Atem, voller Angst vor dem Deutschen Schäferhund, der auf sie gehetzt wurde, sprangen Issa und Kouré ins Wasser und reckten die Arme zum Himmel, wie man sich bei einer Drohung ergibt. Aber noch etwas anderes, Geheimeres drückte sich in dieser Geste aus, die die Bewegung der Skulpturen aus Djenné nachahmte: Wer die Arme zum Himmel reckt, öffnet eine Brücke zur Welt der Geister. Mit dem Sprung in die Seine ergaben sich Issa und Kouré nicht; sie bekundeten ihre Fremdheit.

Bei ihrer ersten Ankunft in Frankreich hatte man sie abgewiesen. Kaum in Roissy gelandet, wurden sie in ihr Land zurückgeschickt. Also versuchten sie es anders. Wie die meisten Migranten machten sie Bekanntschaft mit dem Schlepper, der sie ausraubte, und der Nussschale, auf der sie nachts das Mittelmeer überquerten und die bestochene Zöllner bis nach Marseille oder auf die Insel Lampedusa treiben ließen, wo andere Grenzwächter – manchmal auch dieselben – sie erst mal einsperrten. Dann wurden sie in einem der Auffanglager geparkt, wo die Mafia ihre Sklaven rekrutiert. Für eine schimmlige Matratze in einer verfallenen Hütte wandern wir endlos an den Stränden auf und ab, um gefälschte Vuitton- oder Pradataschen abzusetzen. Frühmorgens werden wir brutal geweckt, wenn der Lastwagen mit der Ware uns einsammelt, um uns an den Küsten der Côte d'Azur, Liguriens, der Toskana oder Kampaniens zu verteilen.

Issa und Kouré hatten schließlich im Bara-Heim in Montreuil Zuflucht gefunden, wohin ihr Vater sie mit großen Schwierigkeiten geholt hatte. Über tausend Umwege *kaufte* er für sie einen Platz bei den Müllmännern der Pariser Stadtreinigung, und beim Warten auf eine immer illusorischere Legalisierung waren sie in einer Depression versunken, weit klebriger als die Falle für die Spinnen, die durch unsere Kindheitsgeschichten krabbelten.

Wie bei den meisten von uns wurde ihr Asylantrag schließlich vom *Ofpra*, dem Französischen Amt für den

Schutz von Flüchtlingen und Staatenlosen, und von der Berufungskommission zurückgewiesen. Sie verloren ihre Stelle bei der Müllabfuhr und wurden krank. Die jungen Männer lebten zurückgezogen, gingen nur raus, wenn es unvermeidbar war, um den Kontrollen zu entgehen, fanden manchmal für ein paar Tage das, was ihr *Schwarzarbeit* nennt.

Ihre Geschichte ist die von Hunderttausenden Immigranten, die die Grenzen überwinden, weil sie meinen, das Elend, das sie in Europa auf sich zu nehmen bereit sind, sei dem Elend vorzuziehen, zu dem sie ihr Heimatland verdammt. Issa und Kouré wollten nicht nur in Frankreich Geld verdienen, um es ihren Familien in Kayes zu schicken. Sie waren aus Mali geflohen, weil sie sich dem Schmuggel widersetzt hatten, zu dem sie lokale Banditen zwingen wollten. Deshalb hatten diese ein Kopfgeld auf sie ausgesetzt.

Als sie tot waren, fand man bei ihnen, von einer Plastikhülle geschützt, die Schnipsel des verfluchten Briefs, der sie verpflichtete, Frankreich zu verlassen, die berüchtigte *OQTF* (Verpflichtung, das französische Staatsgebiet zu verlassen), die wir alle kennen und die uns trifft wie der böse Blick.

Wenn man sich seiner unheilvollen Wirkung widersetzen will, muss man das Blatt sorgfältig zerreißen und über eine Flamme halten, die es nicht verbrennen darf, aber den Inhalt auslöscht. Die Ränder des Papiers verkohlen, braune Flecken tauchen auf. Allmählich sieht es aus wie Holz – es kommt zu uns.

Die Beschwörung der Verwaltungsurkunde verlangt eine Strenge, die verrückt erscheinen mag, aber nötig ist, weil eine exakte Bewegung ausreicht, um die Ordnung einer bösen Absicht zu verändern, und sei es nur ein kleines bisschen.

Man muss diesen Gegenfluch auf seinem Herzen tragen und ihn bei Gefahr mit der rechten Hand berühren, damit der Fluch verfliegt. Sicher haben Issa und Kouré das getan, aber in der Nacht, als sie gejagt wurden, hat es nicht gereicht.

Das Gesetz versucht ständig seinen Willen durchzusetzen, aber jedem von uns ist es gegeben, sich gegen diesen Willen aufzulehnen. Wir können mit Feuer ein Loch in das Gesetz brennen. Wir können mit Flammen den bösen Geist verjagen, der uns quält. Wir können den Polizeizauber in Rauch aufgehen lassen. Wir können mit unseren Augen, unseren Händen, unseren Beinen, mit der Freude, die uns der bleiche Fuchs schenkt, dem Schicksal ein Schnippchen schlagen. Wir können Feuer an eure Behördenprosa, eure Straferlasse, eure Haftbefehle legen. Denn das Feuer – im Gegensatz zu euch – *will* nichts, vor allem keine Macht. Es brennt nur, um sie zu zerstören.

Der Tod von Issa und Kouré hatte nicht einmal die Ehre, bei euch als Irrtum zu gelten. Das Kommuniqué der Polizeipräfektur – der Gipfel der Schamlosigkeit – sprach von einem Selbstmord: «Die beiden Individuen, die verpflichtet waren, das französische Territorium zu verlassen, und gegen die ein Ausweisungsverfahren

lief, haben sich in der Nacht vom 22. zum 23. Juni 20**
mehrfach der Festnahme durch die Polizeibeamten
entzogen und am 23. Juni um 04.37 Uhr ihrem Leben
ein Ende gesetzt, indem sie sich vorsätzlich ins Wasser
stürzten, und zwar in die Seine, in Höhe des Yachthafens Arsenal, Paris, 12. Arrondissement. Sie wurden
kurz darauf in kritischem Zustand aus dem Wasser
gezogen. Der eine konnte nicht mehr reanimiert werden, der andere starb auf dem Weg ins Krankenhaus
an Herzstillstand.»

Issa und Kouré, sagt ihr, «haben ihrem Leben ein
Ende gesetzt, indem sie sich vorsätzlich ins Wasser
stürzten». Ihr nennt das Ende einer Menschenjagd
Selbstmord? Glaubt ihr, sie hätten sich in die Seine
gestürzt, wenn man sie nicht verfolgt hätte, wenn
ihr nicht eure Bluthunde auf sie gehetzt hättet – eure
Negerfresser?

In Frankreich jagte man auf Befehl von König
Ludwig XI. auf seinem Landsitz bei Ambroise, am
Ufer der Loire, einen zum Tode Verurteilten, dem
man eine Hirschhaut angezogen hatte, damit seine erbärmliche Existenz der eines gehetzten Wildes
gleiche: Der Unglückliche wurde von den Hunden
gepackt und zum *Vergnügen* des Königs zerfetzt. Das
war vor sechshundert Jahren. In gewissem Sinne
war es eine Premiere: Heute findet die Menschenjagd jeden Tag ganz unverhohlen statt. Der Mann in
der Hirschhaut, das sind Issa und Kouré. Ihr «Selbstmord» ist eine Tötung.

Wir haben uns rings um den Yachthafen, auf beiden Seiten des Wassers und bis zur Seinemündung versammelt. Die Begräbnisrituale verlangen, dass die Worte rezitiert werden, die uns mit den Verstorbenen verbinden:

> *Yorugu lavatogu boy*
> Bleicher Fuchs, sei gegrüßt!
> *awa larani dyu wuyo boy*
> Der-mit-der-Maske ist tot
> *bige gina puro ko larani boy*
> Alle Männer weinen
> *puro wadya dyu sagya boy*
> Das Wasser steigt in die Augen
> *logo sirige kuru pore kamenu boy*
> Auf! Zur Höhle der Ahnen!
> *lorki wana boy*
> Die Nacht ist gekommen

Einer von uns tritt vor; da, wo die Zwillinge über den Steilhang gesprungen sind, stößt er Schreie aus, die wir im Chor aufnehmen:

> *venele a larani boy*
> Unheil! Maskenmänner, Unheil!

Dann beginnen die Klagen, die jede Maske und ihren Geist beschwören:

wege ayge delaba
Klage! Klage! Bruder Maske
wuye wuye wuye o
Weine, weine, weine!
yama gala wuyo
Gebrochen! Vorbei! Weine!

Opfer werden gebracht, und während die Lieder ertönen, bereitet man in einem großen Tonkrug Hirsebier zu, in das jeder seine Lippen taucht. Dann legt man in diesen Krug das in Fetzen gerissene Dokument, das der Staatsanwalt Issa und Kouré geschickt hat, die OQTF, die sie angezündet hatten, um das Schicksal zu beschwören. Als ihr Vater ihre Leichen identifizierte, übergab man ihm die Plastiktüte mit den Papierschnipseln. Wir zünden sie an. Einer nach dem anderen beugt sich über den Krug und deutet an, dass er die Asche isst.

*

Am Tag vor ihrem Tod waren Issa und Kouré mit uns in der Rue des Pyrénées gewesen, um drei Familien von Flüchtlingen zu retten. Wir wussten, dass der Staatsanwalt ihre Abschiebung beschlossen hatte. Diese Familien (zehn Personen, darunter vier Kinder) hatten seit mehreren Wochen im früheren Hôtel du Chemin-de-Fer Zuflucht gefunden, einem der erbärmlichsten besetzten Häuser im 20. Arrondissement. Zwei Dutzend Demonstranten, von den Vereinen benachrichtigt, versperrten den Weg. Die Razzia – die euer Jargon «gezielte Abschiebung» nennt – war für den Nachmittag festgesetzt, damit die Kinder Zeit hatten, aus der Schule zu kommen, und die Polizeibeamten die bedrohlichen Flüchtlinge mit maximaler Effizienz ergreifen konnten.

Der Griot sammelt die Informationen: Er weiß, dass die drei Malinke-Familien, die von der Elfenbeinküste kommen, direkt zum Haftzentrum Orly gebracht werden sollen. Eine Chartermaschine würde sie in den Rachen der Mafia von Abidjan werfen, vor der sie geflohen waren, weil sie ihre Opfer waren. Für den Griot kommt es nicht in Frage, dass sich irgendwer *in einer Razzia verschlingen* lässt.

Wir hatten uns in den umliegenden Cafés postiert, im *Cherfa*, im *Bonobo*, im *Gambetta*; einige von uns warteten bei *McDonald's*, andere liefen an den Regalreihen von *Franprix* entlang oder blätterten im *Comptoir des mots* in Büchern, während sie auf die Nachricht warteten, die das Signal geben würde.

Als diese auf unseren verschlüsselten BlackBerrys erschien, holten wir die Masken aus unseren Taschen (in solchen Fällen tragen wir die Repliken aus Leichtholz, die uns nicht in unseren Bewegungen behindern). Wir rannten zum Hôtel du Chemin-de-Fer, wo die Malinke schon zu den Transportern der Polizei gezerrt wurden. Wir sahen, wie sie sich wehrten. Die Brutalität der Polizei, das Geschrei der Frauen, das Weinen der Kinder und die Proteste der Demonstranten lassen jede dieser Razzien einem Bürgerkrieg gleichen. Und das ist es tatsächlich: Ein Bürgerkrieg spaltet Frankreich und alle Länder, die die Rechte bestimmter Personen außer Kraft setzen, indem sie ihre bloße Existenz kriminalisieren. In diesem Krieg stehen sich die «unerwünschten» Ausländer, wie ihr sagt, und die Polizei gegenüber. Meistens wird er aus politischen Gründen im Verborgenen geführt und bleibt geheim, aber manchmal wird er aus den gleichen Gründen zum Schaukampf, entartet zum Spektakel. Und die Medien, die die Papierlosen als Straftäter darstellen, präsentieren diesen Krieg als Kampf gegen die Unsicherheit.

Wir sind etwa dreißig: Wenn wir alle im selben Moment und von allen Seiten herbeiströmen, erzielen wir mit unseren Masken einen Überraschungseffekt. Auf einmal taucht mitten in Paris die Buschwelt mit ihrer Schwüle, ihrer Finsternis, ihrer Zauberei auf. Unsere Schultern sind mit Moos gepolstert; wir kommen angerannt wie amerikanische Football-Spieler. Während wir blitzschnell die Polizisten wegschubsen, können einige von uns die Festgenommenen wegziehen und andere sie sofort unsichtbar werden lassen. Die Polizisten, mit denen wir zusammenstoßen, brauchen ein paar Sekunden, um sich zu sammeln. Diese Sekunden genügen uns. Zur Ablenkung zerbrechen wir manchmal die Scheiben ihrer Fahrzeuge, und wenn es nötig ist, setzt ein Molotowcocktail das Auto in Brand, in dem sie die Verhafteten wegbringen wollten. Eine Minute oder zwei, nicht länger: Schon ergreifen wir die Flucht.

Bei unseren Aktionen wird nichts dem Zufall überlassen. Alles wird vorher geübt, jede Bewegung ist festgelegt, als folgten wir einer Choreographie. Das Haus, in dem die Flüchtlinge, um die wir uns kümmern, verschwinden sollen, wurde ausgewählt und erkundet, wir kennen den Türcode. Auf dem verschlungenen Pfad, den wir einschlagen, um die Verfolger abzuschütteln, stehen Kameraden bereit und verwischen die Spuren. Das Auto, das eine Mutter und ihr Kind bis zu der Kreuzung bringt, an der sie in der Metro verschwinden, wartet seit Stunden. Jeder von uns hat die Aufgabe, für einen Flüchtling zu sorgen. Er beachtet die anderen nicht, sondern spielt seinen Part, bis sein Schützling mit ihm in der Menge abgetaucht und in Sicherheit ist.

Man darf der Polizei keine Zeit lassen, sich zu sammeln, denn dann ist uns ihre Gewalt überlegen. Sie haben Knüppel, und wenn sie die Taser verwenden, Elektroschockpistolen, deren Entladung uns lähmt, können wir nicht mehr kämpfen.

Wir hingegen haben nur eine Waffe: Wir beschränken uns darauf, die Polizisten zu *schubsen*. In der Rue des Pyrénées waren es nur zwölf. Wir hatten keine Mühe, ihren Angriff zu stoppen und uns mit ihren Gefangenen davonzumachen.

Es kommt vor, dass man gefasst wird. Manchmal zieht einer von uns absichtlich die Meute auf sich, um die Flucht seiner Kameraden zu erleichtern. Er rennt langsamer als die anderen, zögert, lässt sich festnehmen; dann schonen ihn die gereizten Polizisten nicht, aber er hat nicht viel zu befürchten. Stellt euch vor, unter uns gibt es auch welche, die ordentliche Papiere haben.

Wenn sich die Polizisten für eine gescheiterte Razzia rächen wollen und den einzigen Störer, den sie gefasst haben, verprügeln, dann aber im Polizeigewahrsam feststellen, dass der gefährliche Saboteur ein weltweit anerkannter Wissenschaftler oder ein Künstler ist, dessen Gesicht sie aus dem Fernsehen kennen, womöglich gar ein Kinoschauspieler – ein *Star* –, entgleisen für ein paar Sekunden ihre Gesichtszüge. Es tut so gut, eure Grimassen zu sehen, wir genießen diesen Moment, wenn ihr die Identität des angesehenen, berühmten Bürgers überprüft, den eure Schergen verdroschen haben. Dass der Gauner, der eine Polizeiaktion verhindert hat, nicht nur über jeden Verdacht erhaben, sondern so fest in eure Gesellschaft integriert ist, *dass ihr ihn kennt*, erschüttert euch. Vielleicht packt euch sogar ganz kurz der Schwindel. Dieser Schwindel ist unsere Unterschrift.

Während wir an jenem Tag die Flucht ergriffen, unsere Masken an die festgelegten Orte warfen und unsere Gewänder ablegten (auf der Straße postierte Freunde sammelten alles sofort ein); während jeder von uns in einen entspannten, ruhigen Schritt fiel, wie ein Flaneur, der die Schaufenster betrachtet, zogen Issa und Kouré die Aufmerksamkeit auf sich: Die Polizei heftete sich an ihre Fersen.

Wir haben keine Angst, unsere Techniken offenzulegen, wir nutzen immer den Überraschungseffekt. Es gibt keine Macht, die die Geschwindigkeit zu besiegen vermag, weil diese den Gedanken der Macht entschärft. Ein Philosoph, dessen Gedanken sich wie die der Zauberer auf einer Fluchtlinie zu bewegen scheinen, hat es so ausgedrückt: «Das große Geheimnis besteht darin, dass man nichts mehr zu verbergen hat, dass dich also niemand greifen kann.»

Er hat recht: Nur die Klarheit lässt sich nicht fassen. Wir ergreifen das Wort, weil ihr wissen sollt, dass wir in diesem Krieg vor gar nichts Angst haben. Wenn man sich zeigt, wird man manchmal noch furchteinflößender.

In jener Nacht stießen Issa und Kouré nicht auf dem Père-Lachaise zu uns, aber wir waren noch nicht besorgt: Sie waren beide recht zurückhaltend, sicher gefiel ihnen nicht, was nach unseren Auseinandersetzungen mit der Polizei stattfand. Natürlich respektieren wir in jedem von uns eine Regung des Widerstrebens. Vielleicht war die Freudenexplosion, in der wir zwischen den Gräbern von Père Lachaise tanzten und jubelnd den langen, von Weißdorn gesäumten Ziegenweg entlangrannten, für sie ein absurdes Fest, dessen Laszivität sie erschreckte.

Nachts, nur nachts, gehen wir auf den Friedhof von Père-Lachaise. Eine Freundin hat uns den Schlüssel gegeben. Wir betreten ihn geräuschlos, einer nach dem anderen. Hierher führen wir diejenigen, denen wir zur Flucht verholfen haben. Dann erwartet sie eine Zeremonie, die ihre Befreiung segnet. Die zehn jungen Malinke, die wir der Polizei entrissen hatten, sind fortan bleiche Füchse: Sie bewegen sich in einer Gegen-Welt.

Wir warten vor der Mauer der Föderierten, bis alle da sind. Das Licht der Taschenlampen weist uns den Weg zwischen den Eichen und Akazien. Ein dumpfer Singsang dringt aus unseren Kehlen, er bereitet das Fest vor, mit dem wir unseren heutigen Sieg feiern werden. Wir gehen in das armenische Feld in der Division 85 des Friedhofs. Dort sind die Stelen brüchig, aber einige haben noch die Großartigkeit von Miniaturpalästen. Zwischen den Grabstätten öffnet sich eine Lichtung, umgeben von Sträuchern und Zedern, auf der zwei Brunnen im Mondlicht funkeln. Wir legen die Masken in einen der Brunnen und rollen auf dem Gras zwischen den Sträuchern eine lange grünblau gewürfelte Kalikomatte aus, die wir mit roten, orangen und gelben Fäden bestickt haben. Wir lassen uns darauf nieder und teilen mit unseren Gästen Fleischklößchen, Reis, Früchte, Rum und das Bier, das in Flaschen im Brunnen gekühlt wird.

Die beiden jungen Malinke-Frauen sind in Tränen aufgelöst, ihre Kinder schlafen unter der Zeder in

Kinderwagen. Für sie schneiden wir Stücke von den Brotfladen ab. Sie lächeln schüchtern, als wir sie zum Essen auffordern.

Auch wenn wir staatenlos sind, öffnet sich uns doch in jedem Augenblick ein Stück Land, eine Parzelle, ein Raum. Dieser lehmige, von Brennnesseln überwucherte Streifen zwischen zwei Steinen kommt euch winzig vor? Uns genügt er. Wir erweitern ihn, indem wir ihn mit unserer Freude füllen. Er entfaltet sich wie die Teile einer Weltkarte.

Einen Flüchtling zu retten, der den Befehl hat, das Land zu verlassen, heißt, ihn in dieses Reich zu führen, das durch das Wort geöffnet wird. Das ist ein Ort, der im Radar verschwindet, er hat die Durchsichtigkeit eines Traums, und vielleicht kommt euch diese Fiktion lächerlich vor. Wir aber fühlen uns dort wohl, und das Frohlocken, mit dem wir uns nachts dort treffen, wenn wir Neuankömmlinge begrüßen, hat etwas Heiliges.

Wer könnte uns von dort vertreiben? Dazu bräuchte man Phantasie. Wir hinterlassen keine Spuren. Unser Reich gleicht dem der Hebräer im Exodus, ein Feldlager, weniger noch, ein Zelt.

Nach dem Gelage werden unsere neuen Freunde einen Namen wählen. Wir richten unsere Taschenlampen auf die Grabsteine, auf denen Nachnamen stehen. Sie können den wählen, der ihnen gefällt. Einige von uns tragen einen Namen, den sie hier bei den Toten gefunden haben. Andere erfinden ihn lieber; es gibt sogar welche, die ihren richtigen Namen behalten.

Natürlich können wir durch die Wahl eines geliehenen Namens vor allem euren Registern entgehen. Nur selten macht der Name, den wir bei der Geburt erhalten haben, uns frei – fragt bei eurer Polizeipräfektur nach, ihr werdet schnell merken, wozu euer Name gut ist. Die Namen, die wir selbst gewählt haben, klingen in unseren Ohren. Sie lehnen die Zugehörigkeit ab, es sind stolze, anständige Namen, denen wir gern die Ehre erweisen. Und wenn sie schon getragen wurden, tragen wir sie erneut im Angedenken. Die Namen existieren, damit sich eine Geschichte fortschreibt, die dem Tod entgeht.

Wir heißen Braxton, Forêt-Couteau, Jean du Tonnerre, Lucifer Brando, Viviane Vog, Schrecklicher Wundhaken, Lawine 67, Buffle-Aboulafia, Aventure Fanon, Auferstandener der Jagd; Lancelot der Vulkane, Blanqui, Pharaoh Éclipse, Programm, Der Dibbuk hat Hunger, Steppenwolf, Königin von Polen, Ober-Yanda, Joe Strummer, Aufständischer Varlin, Off Cells, Steinegreifer, Spartakus Yaoundé, Gérard de Nerval, Wir der Blitz, Kanaga steht auf; Jean Deichel, Venus Himmelfahrt, International French Fighter, Planetenfänger, Ganz Anders, Anna Moïse Éclatante, Sahara-Monster, Ferrandi, Wage-de-Brisure, Des Iguanes, Stinkefinger, Asphalt Jungle, Daniel Darc, Perle-Quatre, Ich Durchquere das Feuer, Jan Sobibor, Louise Michel, Rosa Vertov, Wahrheit-Rote Augen.

Mehrere von uns tragen die Namen von Kommunarden, deren Blut 1871 hier geflossen ist. Damals fanden es die Unterdrücker sicher lustig, Männer und Frauen auf den Gräbern zu massakrieren und auf infame Weise einen heiligen Ort zu schänden. Man sagt, die Welt sei besessen. Nur besessen? Nein: Sie *kommt zurück*, und diese fortwährende Wiederkehr trägt die Namen mit sich. Die Namen der Toten aufzuwecken ist bereits eine Kriegserklärung. Die Dogon-Kommunarden sind gekrönte Anarchisten.

Issa und Kouré hatten auch andere Namen gewählt, wir aber nennen sie bei ihren *wahren Namen*, weil der Tod sie denen zurückgibt, die ihr Leben lang ihre Identität verborgen haben.

Wir wissen, dass sie in jener Nacht ohne Erbarmen gejagt wurden, wie man zu Zeiten eurer Kolonien die Neger jagte. Wie alle Zwillinge waren sie *anders*. Und wie die Antilopen, die zu zweit geboren werden, wie der Mond, der alles schützt, was doppelt ist, wurden Issa und Kouré gefürchtet, obwohl niemand so sanft war wie diese Brüder.

Sie waren groß, mager und lustig. Die Scheu machte ihr Lächeln etwas traurig. Issa war der gesprächigere, Kouré war schüchtern und misstraute allem. Sie liebten zwei Mädchen, auch aus Kayes, die Ethnopsychiatrie studieren und ins Bara-Heim kommen, um ehrenamtlich zu unterrichten. Wenn sie mit uns tanzten, verwandelten sich Issa und Kouré. Sobald die Masken auf ihren Gesichtern waren, hielten sie sich nicht mehr zurück und flogen wie Reiher. Sie hatten die Inschrift gemalt, die in roten Lettern an einer Wand gegenüber der Kirche Notre-Dame-de-la-Croix in Belleville steht:

GOTT IST SCHWARZ

Später haben wir erfahren, dass sie während der Jagd ihr Mobiltelefon verloren hatten, deshalb hörten wir lange nichts von ihnen. Von der Polizei verfolgt, brauchten sie Stunden, um bis zur Passage du Buisson-Saint-Louis im 10. Arrondissement zu kommen, wo uns manchmal Freunde vom Bund, der früheren jüdischen sozialistischen Partei, aufnehmen. Dort haben sich Issa und Kouré ein paar Stunden ausgeruht. Sie dachten, sie hätten ihre Verfolger abgehängt. Als sie uns endlich anriefen, rieten wir ihnen, versteckt zu bleiben und bloß nicht zu versuchen, zu uns zu kommen. Aber gegen zwei Uhr früh versuchten sie rauszugehen; ein Polizeiauto nahm die Spur auf, bis zu ihrem Tod.

Schaut auf unsere Hände, betrachtet unsere Finger. Unsere Verstümmelung ist rituell, aber ihr Sinn hat sich seit der Zeit unserer Ahnen verändert. Wir weihen unseren Körper nicht mehr dem Geist, der ein Dorf beschützt, sondern wir machen ihn unsichtbar für den, der euer System überwacht. So vollzieht sich unser Dasein in der Region des Unklaren. Wir sind da und nicht da, und so, wie wir seltsame Namen haben – der eine bezeichnet einen Abwesenden, der andere brennt in unserer Lust –, haben wir auch Hände, die sich dem Zugriff entziehen. Es gibt jemanden und zur gleichen Zeit gibt es niemanden. Wir sind imstande, wie ein Taubenschwarm in Sekundenschnelle zu verschwinden. Wir existieren durch Verschwinden. Wir sind das Volk ohne Spuren, das seine Identität herausschreit, indem es ausgelöscht hat, worauf sie beruht.

Issa und Kouré hatten wie viele von uns verbrannte Fingerkuppen. *Eurodac* ist die europäische Datenbank für Fingerabdrücke. Mehr als eine Million Flüchtlinge und Asylbewerber sind dort registriert. Wenn jemand verhaftet wird, befragt man sofort die Datenbank. Die Identifikation erfolgt biometrisch: Unsere Körper denunzieren, unsere Hände verraten uns. Wenn man unsere Fingerabdrücke in einem Land registriert, ist es nicht mehr möglich, in einem anderen um Asyl zu bitten. Man kann nirgends mehr hin. Obwohl die Nussschale voll Illegaler Issa und Kouré nach Frankreich bringen sollte, war sie südlich von Sizilien auf einer verfluchten Insel voller Stacheldraht gelandet. Dort nahm man ihre Fingerabdrücke, sie saßen in der Falle.

Es ist ein Stück Brachland, umgeben von Beton. Der Boden ist mit Schrott übersät. In einer Pfütze schwimmen Plastiksäcke, Möwen streiten sich über einer Müllhalde. An einer Feuerstelle kauern Männer und Frauen. Man ist in Lampedusa, aber es könnte auch Calais oder jedes andere Durchgangslager sein. Das Feuer brennt immer, für Tee oder Waschwasser und um Bohnenkonserven warm zu machen, aber auch Eisenstangen werden darin erhitzt. Eine junge Frau mit dunklen Augen, eine Eritreerin, greift nach einer glühenden Stange und drückt sie auf ihre Fingerspitzen. Sie verzieht nicht das Gesicht, schreit nicht. Mit kleinen, schnellen Bewegungen schiebt sie das Ende der Stange über ihre Haut, die verbrennt. Stinkender, schwarzer Rauch steigt auf. Weiße Rillen graben sich in ihre Finger. Die Bewegungen werden noch schneller, damit die Haut nicht am Eisen kleben bleibt.

Ohne ein Wort legt die junge Eritreerin die Stange wieder ins Feuer. Issa und Kouré treten heran, nehmen nacheinander die Eisenstange und verbrennen ihre Finger. Man muss diese Handlung an drei Tagen wiederholen, bis die Fingerabdrücke ausgelöscht sind.

Manche drehen lieber weißglühende Schrauben oder Nägel zwischen den Fingern. Angeblich geht es auch mit der Säure aus alten Batterien.

Wer nicht wie Issa und Kouré den Geruch seines verschmorenden Fleisches gerochen hat, weiß nicht, was ein Opfer ist; er hat keine Ahnung, wie tief die Höhle in uns ist, in der sich die Schmerzen sammeln.

Als die Malinke zu den Brunnen zurückkommen, haben sie ihre neuen Namen gewählt. Einer stößt den Schrei aus: «Glut! Glut! Glut!» Dann beginnt zwischen beiden Brunnen der Gesang, der unsere Namen ehrt. Wir haben weder Trommeln noch Koras mitgebracht, denn für diese Zeremonie braucht man keine Musik. Das Wort selbst wird getanzt. Zuerst ist der Rhythmus dezent, die Hüften wiegen sich, Arme und Beine regen sich zaghaft.

Der Schrei des Fuchses, den jeder von uns in der Kehle trägt, bildet dort winzige Kristalle. Aus dieser Ablagerung quillt zwischen unseren Zähnen ein Speichel hervor, der das Wort vorbereitet.

Das Wasser des Brunnens, in den wir unsere Masken tauchen, und der Speichel, der die Vokale formt, vermischen sich in unserem Geist; bald sind sie eins. Gesang erhebt sich und prickelt wie Bier: Sein Atem überträgt sich in einer Regung der Freude auf die Körper.

Dann legen wir unsere Kleidung ab, und der Tanz geht im Brunnen weiter.

Den Gesang erfinden wir beim Singen. Es ist ein Steilhang-Text, ständig wiederholt, ergänzt, voller Spalten. Er entreißt uns eurem Zugriff und belebt unsere Freiheit neu. Wir respektieren nichts von dem, was der Poesie Grenzen setzt. Und wir lachen über alle, die sie für Luxus halten. Nur die Poesie wird die Explosion auslösen, die wir geduldig erwarten und die allein in unseren Augen würdig ist, die Ordnung der Welt zu stören. Diese Kleinigkeit, die plötzlich auf tausend lebendige Geister einwirkt, strahlt bis zur Welt der Toten, dieser Funken entzündet die Lunte.

Der Raum zwischen den Brunnen ist leer. Die Masken sind in einem Brunnen, unsere Nacktheit im anderen, *wir baden im Wort.*

Unsere Körper umarmen, die Münder mischen sich. Hintern, Schultern, Nacken, Achseln gleiten und liebkosen sich. Im Wasser gibt es weder weiße Männer noch schwarze Frauen, weder schwarze Männer noch weiße Frauen, im Wasser hat die Haut keine Farbe mehr, sie trieft und wird liebkost, gesaugt, geknetet, gebissen und bespritzt. Die Nacktheit öffnet die Augen, lässt Brüste, Ärsche, Löcher und Spalten feucht werden. Wir wissen nicht mehr, wem diese gespreizten Beine, diese Schenkel gehören, wem diese Möse, in die sich Finger, Zungen, Schwänze schieben. Wir wissen nicht mehr, ob wir die Hüften eines Mannes oder einer Frau streicheln, ob die Zunge, die unseren Anus erkundet, der Mund, der unsere Eichel aufnimmt, dem jungen Mädchen gehört oder einem unserer Kameraden, wir alle jubeln in einer Umarmung, die keine Konturen, kein Geschlecht mehr hat, sondern ein Verlangen befriedigt, das sich an die Freude selbst richtet. Das Bad ist so voller Glück, dass wir, eng aneinandergepresst, in Lachen ausbrechen.

*

Was ist an der Place de la Bastille geschehen? Wer hat das erste Feuer entzündet? Niemand ist imstande, den Anfang eines Aufstands zu identifizieren. In gewissem Sinn hatte die Erhebung lange vor den ersten Auseinandersetzungen begonnen. Ihr wisst es: In unseren Köpfen brennt das Feuer seit Urzeiten, und was in dieser Nacht die Straßen von Paris entzündet, sie in rotes und blaues Flackern taucht, kommt von so weit her wie unsere Erinnerung.

Nachdem wir am Ufer der Seine die Worte für Issa und Kouré gesprochen und ihnen Adieu gesagt hatten, drehten wir uns um. Die Straßen waren voll, wir waren Tausende. Es was fast unmöglich voranzukommen, so viele Menschen hatten sich um uns versammelt. Auf beiden Seiten des Hafens und auf den beiden Boulevards, die am Kanal entlangführten, drängte sich eine schweigende Menge. Diese Menge schien mit jedem Moment zu wachsen. Zweifellos war unser Aufruf, Issa und Kouré ein letztes Mal die Ehre zu erweisen, von unseren Freunden befolgt worden, die diese Nachricht wiederum zu den Vereinen weitergetragen hatten und zu allen, die in der einen oder anderen Weise Flüchtlingen nahestehen. Aber es war offensichtlich, dass die Menge nicht nur aus unseren Freunden oder Sympathisanten bestand, dass der Tod von Issa und Kouré etwas ausgelöst hatte und dass dieser Impuls viel weiter ging. Was war es? Solidarität? Zorn? Das Gefühl, es sei genug, man müsse reagieren?

Die Nachricht des Todes von Issa und Kouré hatte in wenigen Stunden die sozialen Netze erfasst, Facebook, Twitter, Blogs, die von dem Verbrechen berichteten. Das Ereignis hatte im Laufe des Tages immer wütendere Kommentare ausgelöst, sodass der Ort ihrer Ermordung zum Sammelpunkt wurde. Übergriffe der Polizei sind nicht selten, aber seit den Aufständen von 2005, als die Menschen in den Banlieues drei Wochen lang revoltierten, hatte keiner eine so große Empörung ausgelöst.

Schon möglich, dass am Anfang niemand etwas anderes als seine bloße Anwesenheit demonstrieren wollte, aber wir spürten, dass dieses Gedenken von einer kühnen Erwartung erfüllt war, die sich aus Respekt für unsere Trauer vorerst noch zurückhielt. Alle warteten auf ein Signal, und das hing zweifellos von uns ab.

Da sein, wirklich *da* sein, mitten auf einer Straße, allein oder von Freunden umgeben, einsam oder in einer Menschenmenge. *Da* sein, ohne auch nur eine Bewegung machen, ein Wort sagen zu müssen – manchmal reicht das aus, um eine Perspektive umzukehren.

Die Ruhe, die über den verstopften Straßen lag, war berauschend. Die Menge, die sich uns spontan angeschlossen hatte, ließ sich nicht einordnen: keine Rufe, keine Losungen oder Plakate, nur Masken.

Ja, wir hatten es nicht sofort bemerkt, weil wir daran gewöhnt sind, einander so zu sehen, aber *alle trugen Masken*.

Einige hatten Karnevalslarven aufgesetzt, violett, schwarz, mit silbernen oder goldenen Pailletten besetzt; andere Kindermasken, die bunte, lachende Gesichter der Trickfilmhelden zeigten; wieder andere düstere, grelle, verstörende Masken, wie sie die Mörder in Horrorfilmen tragen, oder jene Kaspergesichter, die Karikaturen von Politikern darstellen, mit einem Grinsen, das ihre Dummheit und ihren Zynismus offenbart. Und dann gab es Masken, die extra für diesen Anlass gebastelt zu sein schienen, verrückte, düstere, gehörnte Figuren, eine finstere Provokation, die sich aus einer satanischen Bilderwelt nährte; und schließlich erschienen hier und da, im Laufe der Stunden immer häufiger, als hätten sie die Fähigkeit, sich zu reproduzieren und ihren Einfluss ins Unendliche zu vervielfachen, die mittlerweile berühmten Anonymous-Masken, das sardonische Grinsen von Guy Fawkes, dem Helden der Pulververschwörung, Masken, die inzwischen jedes Mal auftauchen, wenn sich Rebellion, Widerstand oder «Empörung» formiert, und die überall auf der Welt das Gespenst einer Bedrohung heraufbeschwören.

Wir bewegten uns langsam gegen den Strom. Man trat vor uns beiseite, und jeder reichte uns die Hand. Wir wechselten keine Worte, wir drückten einander die Hand. Wie lange hat dieser Moment gedauert, da unsere Masken aus Afrika von einem Volk anderer Masken gegrüßt wurden? Dieser Moment hat über alles entschieden, denn selbst wenn wir es vorgehabt hätten – hatten wir es vor? –, kam es nun nicht mehr in Frage, unseren Trauerumzug zu beenden und einfach nach Hause zu gehen. Die Zeremonie ging weiter. Sie erweiterte sich und erhielt eine neue Dimension, auf die wir keinen Einfluss mehr hatten, die begann, uns ihren Anspruch zu offenbaren.

Es ist bemerkenswert, dass die bloße Tatsache, eine Maske zu tragen, in wenigen Jahren zum universellen Zeichen des Protests geworden ist, Ausdruck einer Missbilligung der Gesellschaft, die Verkörperung der Kritik an ihr. Uns, die wir Masken *sind*, bestätigt so ein Erfolg. Die Maske lehnt diese Welt ab, in der jeder verpflichtet ist, mit seinem Bild zu verschmelzen und dessen unterwürfige Identität an jeder Straßenecke vorzuzeigen.

So waren wir glücklich, uns unter anderen Masken wiederzufinden und in einem Universum ohne Zwänge zu bewegen. Hatten wir Angst, in der Menge unterzugehen? Im Gegenteil. Alle diese Anonymen waren ja gekommen, um die bleichen Füchse zu treffen, und die bleichen Füchse sind auch anonym. Wir mischten uns in ruhigem Durcheinander, ohne nach einer Einheit zu streben. Wenn die Gemeinschaft existiert, vereitelt sie die Abgeschlossenheit. Und genau das fand statt: Die Abwesenheit von Identität besetzte den Raum.

Denn wir hatten nicht einmal das Gefühl, in eine besondere Richtung zu gehen. Wir ließen uns voneinander tragen. Niemand entschied über die Bewegung, aber jeder profitierte davon. Wir, die so wenig das Recht haben, da zu sein, waren präsenter als jeder andere, erhobenen Hauptes, im Herzen von Paris. Und dieses geheimnisvolle *Dasein*, das von unseren Masken ausgeht, begann sich auf alle Straßen der Stadt auszudehnen, als ginge es darum, ihr die Unumstößlichkeit unserer Existenz zu offenbaren. An jenem Abend schien nichts offensichtlicher, als dieser *Strom von Masken*, der von der Straße Besitz ergriff und schließlich selbst zur Straße wurde.

Die einzige Drohung, die die Gesellschaft zittern lässt, war immer die Gemeinschaft, denn die Gesellschaft will nur sich selbst und fürchtet alles, was an ihre Stelle treten könnte. Aber im Laufe der Epochen sind viele Formen, die die Gemeinschaft angenommen hat, gescheitert. Heute sind sie alle untergegangen. Nur die Einsamkeit existiert weiter ohne Illusionen. Unter den aktuellen Bedingungen bleibt sie vielleicht die einzige Möglichkeit, der Gesellschaft entgegenzutreten.

Nichts ist absurder als die mit sich selbst beschäftigten politischen Splittergruppen, die sich von ihren Gewissheiten nähren, bis sie satt sind. Es hat noch nie gereicht, gegen die Gesellschaft recht zu haben, um ihr unrecht zu geben. Dem, was die Gesellschaft identifizieren kann, schenkt sie nicht die geringste Aufmerksamkeit.

Bilden die bleichen Füchse eine Gemeinschaft? Wir verlangen nichts von denen, die sich uns anschließen. Jeder ist mit seiner Maske allein. Was in unserem Namen geschieht, existiert nur durch diese Einsamkeit, die die Grenze auflöst. Die Abwesenheit von Grenzen kann niemandem gehören. Sie definiert, was wir unter Gemeinschaft verstehen. Euer Pech, wenn ihr keine Ahnung davon habt. Wir berufen uns auf die *Gemein-*

schaft der fehlenden Grenzen, das heißt auf die Einsamkeit jedes Einzelnen, auf die ihr innewohnende Unbezwingbarkeit.

Während es über Paris Abend wurde, schwoll der Strom der Masken weiter an. Sie kamen von überall: Die kleinen Straßen des Marais waren voll, neue Masken ließen unsere Einsamkeit überquellen und strömten immer weiter mit uns in die riesige Rue Saint-Antoine, die sich in einen Ozean seltsamer Köpfe verwandelt hatte.

Die Gemeinschaft fordert eine gemeinsame Anstrengung, um die Lähmung zu durchbrechen, aber meistens erstickt schon der Aufruf die Wünsche des Einzelnen. An diesem Abend erfüllte uns Durst, kein Herdentrieb, nicht einmal der Geist des *Kollektivs*: Die Masken bewahrten uns vor der Uniformität.

Das *Wir*, das in unseren Sätzen spricht, ist ebenfalls eine Maske. Es zwingt oder vereinnahmt niemanden. Niemand musste den bleichen Füchsen beitreten, noch weniger sich einer Vorschrift unterwerfen. Jeder ist frei, da zu sein oder nicht. Zu lieben oder nicht. Zu erklären oder zu schweigen. Daseinsgründe zu finden oder ohne sie zu leben. Die Zeremonie, mit der jeder von uns seine Gesten in das Ritual der bleichen Füchse einfügt, hat keine Konturen: Sie ist das Leben selbst.

Unsere Einsamkeit war nie so schön wie in dieser Nacht. Durch die Vielfalt öffnet sie sich allen Einsamkeiten: der des Zufalls, der Begegnungen herbeiführt, des Spiels, das nur für einen Moment vereint, der

Fremdheit, die trennt und Verständnis möglich macht. Wie es ein Gesang vom Steilhang von Bandiagara verkündet: *Die Stimme aller Worte wurde in das Wort von allen gelegt.*

Wenn es eine Gemeinschaft gibt, ist diese Nacht ihr Zeichen: Sie vollendet sich durch das Hören des Wortes, über das wir seit Urzeiten wachen. Und im Namen dieses Wortes – *dieser Stimme aller Worte* – sind wir da, in dieser Nacht, inmitten der Flammen. Wenn diese Stimme *in das Wort von allen gelegt wurde*, dann hört ihr sie auch. Selbst wenn ihr euch weigert, sie zu hören, selbst wenn ihr euer Leben so organisiert habt, dass ihr diese Stimme nicht hört, dass ihr keine Stimme hört, existiert sie doch und verbreitet sich.

Über die Mobiltelefone brandete eine Botschaft: «MASKEN!» Überall in der Menge hörte man dieses Wort, in die Mobiltelefone weitergeleitet wie ein Freudenschrei:

«MASKEN!»
«HOLT DIE MASKEN RAUS!»
«KOMMT MIT MASKEN!»

Und dann hörte man die Namen unseres Weges: Hôtel de Ville, Tour Saint-Jacques, Rue de Rivoli, Palais-Royal, Jardin des Tuileries, Madeleine, Concorde, die Namen eines luxuriösen Paris, das nicht unser Paris war, aber die Erinnerung an die Orte der Französischen Revolution weckte.

Als wir diese Namen hörten, die wie Namen von Schlachten aufgezählt wurden, lächelten wir: Seit Stunden brachten die RER-Vorortzüge tausende junge Leute aus den nördlichen Banlieues nach Les Halles. Sie kamen aus Villiers-le-Bel, Goussainville, Sarcelles, Garges-lès-Gonesse, Mantes-la-Jolie, aus Val d'Argenteuil, Mureaux und Fosses, aus Saint-Denis, Aubervilliers und Pierrefitts-Stains, legten eine Maske, eine Sturmkappe, einen nach Art der Tuareg um den Kopf gewickelten Schal an und schlossen sich uns lärmend an, ehe sie in der Menge aufgingen und die Ruhe, diese seltsame Stille übernahmen, die nach den Worten der Journalisten, deren erste Meldungen wir auf unseren Displays lasen, unser Auftreten so beeindruckend machte und wahrscheinlich die Polizei bisher vom Eingreifen abgehalten hatte.

Autos hupten, zuerst fuhren sie durch die Menge, und wir ließen sie vorbei. Doch sehr bald waren wir zu viele geworden, die Straße gehörte uns. Es war fast unmöglich voranzukommen. Auch die Rue de Rivoli weit vor uns schien völlig verstopft, als vergrößerte sich unser Zug von allen Seiten her und hätte keine Spitze, sondern eine Vielzahl von Körpern, die sich vereinten, um einen einzigen riesigen Organismus zu bilden. Freunde sagten uns am Telefon, sie seien an der Place de la Madeleine. Auch dort quoll es aus allen Straßen, und die Place de la Concorde, sagten sie, beginne sich mit Masken zu füllen.

Dann, auf der Höhe des Hôtel de Ville, sahen wir

plötzlich die Bereitschaftspolizei. Wahrscheinlich stand sie schon lange dort. Ihre Einsatzwagen standen dicht beieinander wie eine Barrikade, die die Rathausgebäude schützte und den Weg zur Seine versperrte. In gewisser Weise war die Barrikade, das Symbol aller Aufstände, jetzt auf Seiten der Ordnungskräfte. Vorerst hinderten sie uns nicht am Weitergehen. Die Straße gehörte uns, sie bekundeten ihre Anwesenheit lediglich durch die Aufstellung ihrer Einheiten, die uns einschüchtern sollten.

Zu den Kompanien der CRS gesellte sich eine Einheit der mobilen Gendarmerie, sie beobachteten uns, aufgereiht mit ihren Helmen, den Plexiglasschilden, den Knüppeln. Einige hatten Gewehre, Flashballs, Rauch- und Tränengasgranaten; und wir erkannten sofort die furchteinflößenden Taser, die sie bei Verhaftungen gegen uns einsetzen.

Ganz sicher gab es auch unter uns Zivilagenten der BAC, der Antikriminalitätsbrigade, in der die brutalsten und einsatzstärksten Polizeieinheiten vereint sind, die im Laufe der Jahre in allen Bereichen eingesetzt wurden, sich jetzt an der Jagd auf die Flüchtlinge beteiligen und uns ganz ungestraft Tag und Nacht nachstellen, *als wären wir Kriminelle*. Natürlich konnten sie mühelos in der Menge untertauchen: Man musste nur eine Maske aufsetzen. Aber die Informationen, die sie bei uns aufschnappen konnten, waren bedeutungslos. Nichts kann eine Masse aus dem Gleichgewicht bringen, deren Aktion nicht organisiert ist und die kein anderes Ziel hat, als ihre Anwesenheit kundzutun.

Wir wussten, dass die Ordnungskräfte irgendwann eingreifen würden. Man kann nicht zulassen, dass das Zentrum von Paris überschwemmt wird, ohne dass die Regierung selbst gefährdet ist. In diesem Sinne hatte unser Auftauchen auch für uns selbst etwas Unerwartetes. Hier geschah etwas, das unsere Erwartungen überstieg. Dass wir uns Paris ohne Demonstrationsgenehmigung, ja ohne auch nur einen Angriffsplan so weit öffnen und unsere Ausgrenzung so spektakulär in einen plötzlichen Triumph umkehren konnten, war ein Wunder – einer jener Glücksfälle, der von allen unbemerkt eintritt und etwas einfach geschehen lässt.

Da standen diejenigen, vor denen wir Tag und Nacht fliehen, uns gegenüber, vor ihren Fahrzeugen aufgereiht. Wir schauten sie an, und vielleicht sahen auch sie uns endlich wahrhaftig an; vielleicht begriffen sie zum ersten Mal, dass wir eine Existenz haben, die sie nicht verstehen.

CRS und Gendarmen betrachteten unsere Masken. Jeder staunt beim Anblick der heiligen Masken der Dogon. Die langen vertikalen, kreuzförmig aufgebauten Hölzer, die sich wie Totems erheben, die leeren Augen, die in die Dunkelheit der Zeit gebohrt zu sein scheinen, die Münder, die an den Abgrund des Verschlingens erinnern, alle die gespenstischen Gesichter, durch die einen die Geister der Toten bestürmen, erzeugen zwangsläufig ein Unbehagen.

Die Begegnung zwischen den in ihre Gewänder gehüllten bleichen Füchsen und der für den Kampf gerüsteten Polizei hatte etwas Mythisches, als würde sich mitten in Paris im 21. Jahrhundert eine uralte Schlacht wiederholen, als hörte die Geschichte niemals auf, als würden die Konflikte, die sie durchziehen, wiederbelebt, als offenbare sich durch unsere Konfrontation unter freiem Himmel der verdrängte Gegensatz.

Sie präsentierten ihre Waffen, wie Krieger paradieren, um ihre Gegner einzuschüchtern. Und wir hatten nichts außer unseren Masken.

Es ist nicht speziell eure Polizei, die uns keine Ruhe lässt, auch wenn wir ständig mit ihr zu tun haben. Die flächendeckende Kontrolle eurer Welt untersteht einer Macht, der sich niemand entziehen kann und die auch die Kontrollkräfte selbst nicht mehr beherrschen. Wir haben gelernt, selbst in den vieldeutigen Zeichen des Zwanges den finsteren Abgrund der schwarzen Magie zu erkennen. In gewisser Weise ist Kontrolle eine Form von Hexerei, und uns bleibt nichts anderes übrig, als auf unsere Weise eine Beschwörung zu versuchen.

Ihr habt eine Welt errichtet, in der die Herrschaft selbst euch fesselt. Ist nicht das Leben jedes Einzelnen der wahnsinnigen Macht der Finanzwelt unterworfen und Opfer ihrer katastrophalen Deregulierung? Geht ihr nicht selbst in Rauch auf, wenn durch die Spekulation der Märkte in einer Sekunde Milliarden und Abermilliarden Euro verschwinden?

Ob ihr reich seid oder ausgebeutet, ob ihr zu den Wohlhabenden gehört oder zu denen, die man beraubt – weil ihr euch damit abfindet, zugleich Handlanger und Kunden dieses Betriebs zu sein, habt ihr zugelassen, dass er euch verschlingt. Arbeitslose, die keine Unterstützung mehr erhalten und sich vor den «Jobcentern» verbrennen: Das ist das letzte Bild eures schönen Systems, das Bild, das seinen Erfolg krönt.

In dieser Welt, die ihr um jeden Preis verteidigt, können die Menschen jederzeit geopfert werden. Aber dieses Opfer schließt auch euch ein. Ihr wähnt euch sicher, weil ihr besser als wir zu überleben scheint, aber das Vergnügen, das ihr dabei empfindet, uns auszuschließen, schützt euch nicht vor dem Fluch. Euch trifft der böse Blick.

Es gibt nirgends Schutz, keinen Ort, um sich diesem Zugriff zu entziehen. Es gibt auch keine Front in diesem Krieg – nur einen Berggrat, der sich auf keiner Karte finden lässt. Auf diesem rasierklingenscharfen Grat stehen wir alle: die Rentablen und die anderen, die Wertvollen und die anderen. Schaut gut hin. Ihr steht dort ebenso wie wir.

Eure Welt hat sich so arrangiert, dass in der Politik gar nichts mehr vollbracht wird. Ihr habt euer Ziel erreicht, aber eben dadurch habt ihr auch eure Vertreibung besiegelt. Wenn in der Politik nichts mehr passiert, passiert es außerhalb; und das *wird* dann Politik. Blitzartig lässt es die Politik auferstehen und gibt ihr einen neuen Sinn, der ebenso blitzartig wieder verlischt. Die Masken, die euch herausfordern, sind ein Moment dieses Blitzes; in dieser Nacht beleuchten sie etwas deutlicher, was uns trennt.

Also erzählt uns bloß nichts von Krise. Jedes Mal, wenn es schlecht läuft, greift einer von euch als Alibi auf dieses Wort zurück. Aber in eurer Welt ist es immer nur *schlecht gelaufen*. Dass sie ohne Ende läuft und läuft, ist ihr Untergang. Eure Welt ist selbst eine Krise, sie hat sich in ihr Verderben gezaubert. Nichts Lebendiges wird darin mehr übermittelt, nur noch Befehle, die ihr zu geben meint und denen ihr in Wirklichkeit selbst gehorcht. Die Verwünschung erbt nur sich selbst, sie zerstört alle, die sie nicht zu brechen vermögen.

Das Feuer entzündete sich an der Tour Saint-Jacques. Es breitete sich schnell in die anliegenden Straßen aus, ergriff Mülltonnen, steckte Autos an, die eins nach dem anderen in Flammen aufgingen. Dieser riesige Brandherd hat nicht mehr aufgehört, sich entlang unseres Wegs auszubreiten; noch immer erhebt sich sein Leuchten in die Nacht.

Die brennenden Autos leuchteten uns wie Fackeln. Ihre Zerstörung glich einem Ritual, das unsere Anwesenheit weihte. Der Brand begrenzte unser Territorium, offenbarte seine Heiligkeit. Eure Mülltonnen und eure Autos sind unsere Opferhölzer. Diese Fackeln öffnen uns den Weg, euch aber signalisieren sie, dass Paris uns gehört und dass die Stadt in einem Feuer brennt, das immer schon da war, das ihr nur sorgfältig verborgen habt: dem Feuer derer, die sich eurem Glauben entziehen.

Entlang der Rue de Rivoli, der Rue de Castiglione und bis zur Place Vendôme splitterten die Schaufenster. Die Menge fing an, die Luxusboutiquen zu plündern. Manchmal ist Plünderung die natürliche Antwort auf den Überfluss an Waren, der den Luxus ausmacht. Wenn wir öffentlich Haute-Couture-Tücher und teure Kleider in Brand stecken oder Armbanduhren für fünfzigtausend Euro unter unseren Absätzen zermalmen, stellen wir nur die absurde Verschwendung bloß, die eure Welt durchdrehen lässt.

Ihr habt natürlich Zeter und Mordio geschrien, habt in allen Radiosendern und im Fernsehen die schändliche Wildheit unserer Aktion angeprangert. Aber niemand kam auf die Idee, dass vielleicht eure Krawallmacher diese edlen Boutiquen zerstörten, niemand hat zugegeben, dass ihr sie damit beauftragt hattet, in der so friedlichen Demonstration Gewalt zu säen, um ihre Niederschlagung zu rechtfertigen. Und niemand hat gefragt, ob es skandalöser ist, einen Juwelier zu plündern oder zwei Unschuldige in den Tod zu treiben.

Auf jeden Fall ist euer Manöver gelungen. Ihr habt die Lüge verbreitet, unser Verlangen beschränke sich auf Besitz – als hätten wir das geringste Verlangen nach euren dummen Luxusprodukten! Es hat euch den Vorwand geliefert, uns anzugreifen.

Von allen Seiten ertönten Sirenen, und ein paar Minuten lang dröhnte ein Hubschrauber über unseren Köpfen. An der Place Vendôme stürmten die CRS-Einheiten mit Knüppeln in die Menge, die sich sogleich spaltete. Nach wenigen Minuten warfen sie die ersten Rauchgranaten, verbreiteten Tränengas und gossen aus dem Hubschrauber Ströme von hautreizendem Wasser über die Menge. Die Masken wichen zurück, aber sobald die Place Vendôme leer war, schlossen sich die Reihen der CRS um den Platz und rührten sich nicht mehr, als wollten sie vor allem die Interessen der Händler schützen.

Schon verbreiten Journalisten die Schlagzeile «Aufstand der Masken». Auf den Nachrichten-Webseiten, die wir auf unseren Smartphones lesen, fragt man nach dem rätselhaften Ursprung dieser Revolte ohne Parolen. Man spekuliert über ihre Gefährlichkeit und über das merkwürdige Auftauchen afrikanischer Masken unter all diesen Anonymous. Einige Kommentatoren haben ihren Ursprung von den Dogon erkannt und fragen sich, ob man eine Verbindung zu den aktuellen Auseinandersetzungen in der Sahelzone herstellen solle. Die meisten Websites verwenden inzwischen den Ausdruck «Afrikanische Anonymous», und alle versuchen, den Ursprung dieses riesigen und überraschenden Aufstands zu begreifen.

Aber der Aufruhr hat keinen anderen Ursprung als die Welt, in der wir leben, und die Tatsache, dass es unmöglich geworden ist, in einer solchen Welt zu leben. In letzter Zeit finden auch in anderen Ländern

Aufstände statt, sie finden in gewisser Weise *in allen Ländern der Welt* statt und hören nicht auf stattzufinden. Sie annullieren die Vorstellung von Ländern und lassen die Idee von Welt auferstehen. Diese Aufstände mussten kommen, der Aufstand ist im 21. Jahrhundert gewissermaßen das Schicksal der Welt geworden.

Was erleben wir da gerade? Worum handelt es sich bei diesem «Aufstand der Masken»? Ist das eine Revolution?

Keiner der Aufstände, die diesem Ereignis in den letzten Jahren in Europa oder in den arabischen Staaten vorangegangen sind, konnte vollendet werden. Vielleicht ist die Revolution ein Ereignis ohne Vollendung und existiert nur außerhalb von dem, wodurch sie sichtbar wird.

Welchen Namen gibt es sonst für das, was da stattfindet? Es gibt keinen schöneren. Außerdem lieben wir das Wort Revolution, weil es euch Angst macht. Und es erschreckt euch so sehr, weil es noch eine Zukunft hat.

Den Revolutionen im Geist der Epoche geht immer eine geheime Revolution voraus, die nur für wenige sichtbar ist. Meistens entgeht sie den professionellen Kommentatoren. Es ist schon schwer genug, über eine Aktion wie unsere zu berichten, weil sie so getarnt ist, dass ihr sie nicht begreifen könnt. Noch schwerer ist es für euch, ihr ein Ende zu setzen.

Heute Nacht wird das Feuer nicht erlöschen. Wir sind zu viele. Werden eure Eingreiftruppen uns niedermetzeln? Es ist zu spät. Alle schauen auf uns, alle filmen mit ihren Telefonen. Die Bilder vom Geschehen an der Place de la Concorde, Zentrum und Symbol von Paris, werden in die ganze Welt übertragen. Wollt ihr etwa eine schweigende Menge mit Giftgas erledigen, wollt ihr Masken lynchen?

Schaut her, wir sind hier, und unsere Masken sehen euch an. Glaubt ihr vielleicht, dass wir eine «Legalisierung» unseres Schicksals erwarten? Stellt ihr euch vor, dass wir euch um Papiere bitten? Ihr träumt! Eure Anerkennung erwarten, das fehlte noch! Wir erwarten nichts – jedenfalls nicht von euch. Eure Welt wollen wir nicht.

Heute Nacht, während die Auseinandersetzungen an der Madeleine und der Place Vendôme weitergehen, wo die Polizei mit ihrer Inszenierung die öffentliche Meinung davon überzeugen will, dass wir uns erhoben haben, um euer Eigentum anzugreifen, und dass man den Raubüberfall auf die Republik im Blut ersticken müsse, hat jemand seinen Personalausweis aus der Tasche geholt und ins Feuer geworfen.

Diese Handlung wurde überall in der Rue de Rivoli nachgeahmt. In wenigen Minuten haben alle, die Papiere hatten, diese in Flammen aufgehen lassen.

Wir schoben uns bis zur Place de la Concorde. Ganz am Ende der Champs-Élysées sah man den Arc de Triomphe, dessen angestrahltes Portal uns einzuladen schien hindurchzuschreiten. Das Palais der Nationalversammlung auf der anderen Seite der Seine wurde von Einsatzwagen des CRS geschützt, die auch die Brücke absperrten.

Das Feuer, das wir entzündet hatten, ließ den Obelisken wie einen wilden Gott erbeben: Seine Goldblätter funkelten in der Nacht, und die Säule schien sich in den Himmel zu bohren wie ein Penis, der die etablierte Ordnung durchbricht.

Wir stellten uns zwischen die beiden Brunnen. Sie sind uns vertraut, es kommt uns vor, als würden wir die Spiele vom Père-Lachaise hier in einer anderen Form fortsetzen.

Auf diesem Platz, wo die Revolution in der Person des Königs das göttliche Prinzip geopfert hat, schienen die Masken, die ihre Ausweise verbrannten, der Idee der Identität ein Ende zu setzen. In dieser Nacht erhielt die Place de la Concorde von den Feuern, die sie weihten, ihren alten Namen zurück: Es war wieder der Platz der Revolution.

Habt ihr vielleicht vor langer Zeit die Stimme des Verrückten gehört, der am helllichten Tag mit einer Laterne auf den Markt ging und das Mysterium vom Tod Gottes herausschrie? Erinnert euch: Er behauptete, ihr hättet ihn getötet und mit diesem Verbrechen hättet ihr diese Erde von ihrer Sonne losgekettet und sie in ein unendliches Nichts gestürzt.

In dieser Nacht vollzieht sich ein anderes Mysterium. Es kündigt sich nicht mehr durch das Geschrei eines Verrückten an, sondern durch eine Stille, die ihr Geheimnis wahrt. Es ist nicht einmal sicher, dass ihr in eurem Eifer, unsere Wirkung zu neutralisieren, *diese Stille hört*; aber schon damals, als man euch schreiend den Tod Gottes verkündete, habt ihr nichts gehört. Vielleicht erreicht euch diese Stille auf die eine oder andere Weise, und vielleicht werden einige von euch ahnen, dass ihre Ungewöhnlichkeit ein ebenso bedeutungsvolles Mysterium ankündigt wie den Tod Gottes, ein Mysterium, das in gewisser Hinsicht jenes andere vollendet, weil es sich genau gegen das richtet, was ihr an den Platz Gottes gesetzt habt.

Doch, möglich ist es. Einige von euch werden die Ohren spitzen, sie werden in dem geräuschlosen Ereignis dieser Nacht eine Neuigkeit entdecken, die sie ganz sicher nicht verbreiten, sondern lieber verschweigen werden, sie werden sich selbst überzeugen wollen, dass sie es falsch gedeutet haben, dass sie sich geirrt haben, diese Masken können kein solch entsetzliches Mysterium ankündigen: den Tod der Gesellschaft.

Wenn niemand mehr Papiere hat, wie soll man dann die Papierlosen noch erkennen? Schon verschmelzen unsere Masken in einer allgemeinen Papierlosigkeit. Schon verschmelzen in dieser Nacht an der Place de la Concorde diejenigen, denen man keine Papiere gibt, mit all denen, die keine mehr haben. Schon gibt es keine Papierlosen mehr, weil die Papiere nicht mehr existieren. Schon entsteht durch die Flammen die Utopie einer von der Identität befreiten Welt.

Das Riesenrad in den Tuilerien dreht sich um sich selbst, strahlt unser Schicksal an. Durch all die auf der

Place de la Concorde versammelten Masken kehrt sich eure Welt um. Alle, die ihr schon so lange aus eurer Gesellschaft verbannt hattet, besetzten jetzt ihr Zentrum, und ihr seid an den Rand gedrängt. Natürlich werdet ihr behaupten, ihr hättet uns umzingelt. Aber aus dem Kreis, den ihr um uns zieht, entsteht eine Wahrheit, die euch verurteilt.

Unter unseren Masken erhebt sich ein Murmeln. Die Stimme des bleichen Fuchses. Er hat angefangen zu singen. Sein Wort öffnet in jedem von uns eine Erwartung, es überträgt sein Feuer auf alle Masken, es grüßt den Himmel und die Sterne.

INHALT

TEIL I 9

1 Das Intervall 11
2 Der Papyrus 20
3 20. Arrondissement 27
4 Die Selbstmorde 31
5 Ferrandi 36
6 Myriam 44
7 Wie ein Hund 49
8 Sackgasse Satan 54
9 Godot 60
10 Ecce homo cadaver 65
11 Das Grauen 68
12 Die Opfergaben 70
13 Polizeigewahrsam 74
14 Die Einsamkeit ist politisch 81
15 Alles ist in Abenteuern 86
16 Godot kehrt zurück 90
17 Die Königin von Polen 96
18 Der Bürgerkrieg in Frankreich 99
19 Pére-Lachaise 103
20 Der Griot 113

TEIL II 121

Lesen Sie weiter bei Rowohlt:

Yannick Haenel
Das Schweigen des Jan Karski
Roman

Zweimal wurde Jan Karski ins Warschauer Ghetto eingeschleust. Der Kurier des polnischen Widerstands sollte der Welt berichten, was er über die Judenvernichtung wusste. Doch niemand mochte seine Botschaft hören. Der Mann, der den Holocaust stoppen wollte, versank nach dem Krieg in Schweigen.
Yannick Haenel gibt Karski hier eine berührende eigene Stimme.

«Ein unvergessliches Buch über einen außergewöhnlich mutigen Mann.»
Le Nouvel Observateur

Rowohlt Taschenbuch Verlag
192 Seiten
ISBN 978 3 499 25904 3

Auch als Rowohlt E-Book erhältlich

Das für dieses Buch verwendete FSC®-zertifizierte Papier
Schleipen Werkdruck liefert Cordier, Deutschland.